U0695057

后浪出版公司

时间龙

林燿德 著

四川文艺出版社

目次

楔子　奥玛变种蝶

奥玛变种蝶

战争结束以后废墟间萌芽新绿的光泽，
死者得到了勋章生者却遗失了存在的依据，
沉重的星舰一排排被搜藏在冷寂的地底，
斗争的残像寄托在变幻的云层，
用不尽的子弹只好隐匿在隐痛的胸口。
往前走去，铺满锈桔梗的旷野中，
玄秘的雕塑种植在鸽羽灰的天光间，
废铁文明逸散着草莓的甜味；
那是一尊无动于衷的女体，
巨树般的电缆连贯她的下肢，
精致得几近残酷的金属回路，
盘绕在高耸的乳房。
没有表情，她的手势指向
半空中的一扇铜扉。

门启处，人类的前身蹲踞在

冰河深处的冻色中。

中校将登山用的钢爪扣住一块凸出的电路板上，继续朝向鸽羽灰的天光接近。

灰蒙蒙的天外有无数悬浮的星球，有的带着七彩的光环，有的孤绝得像一团冰块，有的是虚妄的气团，有的只是一块燃烧的大废铁。

中校继续向上攀爬。攀登这尊三百九十五公尺[1]高的雕像，曾经是他一生最大的愿望之一。

这尊古怪的巨像是五个世纪前一度兴盛于澳洲大陆的废铁教所建立的。

废铁、钢筋、被弃置的车辆、报销的古董电脑、缺了门的冰箱、折断的电锯、生锈的订书机和图钉、金属百叶窗的残骸、狗链、闹钟壳、拆散的货柜、扭曲的下水道铁盖、死人口中拔下的金牙、旧海军制服上拔下的铜扣、从大厦卸下的铝门窗、无数不同口径的电缆线以及一千多万

1　米，长度单位。——编注（本书注释均为编注，后从略）

公吨[1]的合金，组构了地球历史上最诡异的一座神像。

三十万教徒整整花费了七十五年才建立起这个无名神像，然后这些徒众像清晨的雾一样消失在历史之中。

一个没有教主、没有教义的宗教，这三十万人如何凝结在一起恐怕永远是宗教史上的一个谜。

神像静肃地站在大草原的中央。

中校正爬上神像乳房的尖端，他突然醒悟了五个世纪以前那些蝼蚁般的废铁教徒在想些什么。

因为中校感受到的，只是一片空茫。五个世纪以前的人类，他们所追求的也只是一片空茫。

神像左乳房的部位，一架巨无霸客机的机首巧妙地突出成为乳晕。中校以非常勉强的姿势，倒悬着，用钢爪和膝盖上的吸盘缓缓爬行在巨大的弧度上，他仰首望见的不是灰色的天幕，而是呈现锈桔梗色的大草原，他停放在神像脚下的丰田机车像是掉落在红褐色地毯上的一粒芝麻。

在神像的乳部，距离地面两百多公尺的高度，中校依稀看出古代修筑的公路。

1　公吨，即吨，质量单位。

一道道笔直宽敞的公路以神像为核心，从全澳洲的城市汇聚来此，墨尔本、悉尼、乌斯班尔、国木市、新台北、爱德华霍克堡、阿诺城……从澳洲二十七个自由市伸向荒原中央的二十七条主干线，已经荒废了几个世纪。

五个世纪以前，源源不绝的车阵，运载着废铁教徒从二十七个城市中搜集来的金属，一座冶金厂在神像预定地的一侧建造起来，一排排巨硕的烟管耸立着，将整片天空渲染成淡墨色泽。

在建造神像的第七十四年，亦即地球纪元 2201 年，三百多名教徒持着锅铲、菜刀、高尔夫球棍和霰弹枪，冲进了占地三公亩[1]的墨尔本联邦雕塑博物馆。在那一次的浩劫中，包括纪元前五百年的中国上古铜鼎和二十世纪西班牙超现实主义大师米罗的雕塑，全部被洗劫一空，各种珍贵的古代艺术结晶整整装满了五十三个货柜。

中校相信，那些教徒绝没有鄙视艺术品的意思，他们如果不珍惜这些艺术品，也不会让它们镶嵌在雕像的表面；只不过，教徒们之所以珍视这些艺术，是因为它们被

1 一公亩等于一百平方米。

视为最昂贵的垃圾。

那是中校在联邦军事学院“人类近古艺术史”选修课程时留下的记忆，那门课是中校唯一没有拿到九十分的课程，教授给了他七十五分，却是这位华裔教授一生中给过的最高分数；中校那年的期末报告是《废铁教巨像与近古人类生物辐射指数之关系》。

中校停顿了一刻钟，血液源源流入倒悬的脑部，他的意识被鲜红的血球自空蒙的境界中冲回现实的岩岸。

继续向天空的方向缓缓挪动，他丝毫也不恐惧自己处身的高度；在他的职业生涯中有大半是在这个星球的大气层之外几十万、几百万光年的地方度过。

中校只是地球的过客。

他是出生于磁气星的地球移民后裔。

多年来，他一直认为地球政府和其敌人新丽姬亚帝国两者不过是一丘之貉，唯一的差别，是地球政府提供他兵器和军队，而丽姬亚人和他们的母舰则是他消耗弹药的巨大玩具。

因为联邦教育当局的洗脑策略失败，中校对于地球前途的关切远逊于他对女人的喜好，而他所攀爬的这座巨像，广义地说，也算是女人的一种。

但是，这一切，都比不上他对战争的狂热崇拜。

一阵阳光穿越积云，投射在巨像五颜六色、光怪陆离的表面上，一层层波浪般的金属光泽回环着，站在乳房上的中校感到强烈的晕眩。

闭目吐纳之后，中校右手勾住一具战车的防弹壳，轻盈纵跳，跃上一片凸露的钢板，左手的钢爪脱掌火速射出，钉入十公尺上方接近巨像胸骨中央的位置，恰好那位置嵌进一尊二十世纪华人塑像，钢爪的四指沉沉插入塑像的心脏部位；几乎就在同一瞬间，他的身躯也随着钢爪末端丝线的缩短，面向上空腾跃。

就在腾跃的霎时，他也发现一只变种蝴蝶。

一只变种蝴蝶，展开三公尺半长度的一对翅翼，盘旋在神像头颅的正前方。

它穿越阳光形成的白色光束，靛蓝色的粉末静静地，随着翅膀的飘动而散扬在大气中。

中校注视着变种蝴蝶的移动，一种带着邪恶感的优雅，蝴蝶腹部的鬼面图案，似乎正不断变换着眼神和笑容，带着嘲弄的恶意展现在他的眼前。

一只变种蝴蝶幽然朝向巨像头顶浮升，接着是两只、五只、十只……迅捷地，从中校视角所不及的巨像后颈部位，汇集成弯曲的河流奔涌出来，几乎遮蔽了中校的视野，大气中不断扩散着蓝色的磷粉。

数以千万计的变种蝴蝶，集体扇动空气的沉闷声响，使得中校产生被卷入海潮中的幻觉。

这种奥玛变种蝴蝶，在原产地奥玛星的旷野中只有手掌般大小。半世纪以前它们因为观赏价值被引入地球的澳洲，因为生态环境的改变，产生了展翅达三公尺半的巨型突变种，五十余年来已经使得澳洲所有的农业区一蹶不振。但是，它们结合了废铁教巨像，却造成了独特的星际奇观——“神像光环”。

受制于唐氏跨星集团的地球联邦政府，根本无力防治这种对任何药物及放射线都产生免疫力的奥玛变种蝴蝶；他们唯一的功绩只是让它们不扩散繁衍到澳洲之外的地区。理由非常讽刺，因为，它们的生命周期不足以横越广大的海洋。

到了繁殖期，奥玛变种蝴蝶便在神像头部的位置盘桓，成群回翔，从远方望去，如同神像头上浮现了一道闪烁着幽蓝色环的光圈。在二十七世纪的最后一年，联邦首都的三千五百二十七名外星裔记者将这个景观票选为地球十大奇观之九。

正当中校沉醉在变种蝶的幻境时，胸前的红钮以独特的频率响亮起来。中校懂得讯号的意义：一个强制取消休假的紧急任务。他放松钢爪，切断膝盖吸盘的能量，让自己从两百多公尺的高楼坠落而下，地面升起的风猎猎吹贯他的耳际，他闭目计时，用牙齿咬开口中的隐藏开关，背后的推进器立即发动。

澳洲的假期结束了。在中校缓缓降落在地面之前，他仰望着天空苦笑，逐渐接近地面，觉得自己就像是一颗在堕胎手术中被金属器械活生生刮成血浆的胚胎。

七年前，当联邦与新丽姬亚帝国的“二十年战争”（地球纪元 2674—2694 年）结束时，身在前线战区的中校也曾经拥有类似的感受，而且更为强烈。很少人能够理解，除非他本身是一个真正的军人。一个真正的军人才会理解远离战争的恐惧。

中校知道，这件迫使他取消澳洲假期的紧急任务，顶多是一桩小儿科的劫机案，或者是追捕一个无聊的流莺猎杀者。这些任务使得他感到自己正在急遽地退化。

无数的中校，遍布在地球本部和它的殖民星中。停战协定使得他们逐渐枯萎，逐渐变成无法适应平凡生涯的平凡人类。

基尔篇　追随者

追随者

自然的呼吸与生命的抑扬顿挫，
奇妙的秩序在交握的掌心、
焊接的唇间流动。
我们是沙漏的两端，
互倾细琐的子音；
舔开，你的温柔，
不因时间流程的通行而变得稀薄；
你的温柔，带着光，
沿着发际泻下银河的全长。

用自己青春的脊柱，
钓起整座大海……
所有心事，同时沉沦唤不醒的海沟。
回忆，是远方凹陷的谷地，

那里有我们失去的贫穷：
一个曾经拥有你我的年代。
在贫穷的年代，
干涸的焦土上照样能够竖起一株株浪漫，
不需要任何肥料与灌溉。

星图上的虚线
割裂诸神原本企图共享的黄昏。
马蹄、齿轮和履带辗过人类不愈的伤口。
哭泣之后，我们的面颊似笑非笑，
一种名唤无奈的果实，
像第三枚乳房，悬挂在人类胸口。
我们所拥有的一切战争，
都属于一个老旧金币的翻模：
共同的本质
以及模糊的面值。

她翻过照片，背面题着熟悉的字迹："给荻姬吾爱。你的卢卡斯。"在酸楚中她感到一丝逝去已久的甜蜜。

带着咸味的、壮硕的男性躯体……

唐荻姬将凝视已久的金发男子，仔细地放置在胸前的夹袋中，然后按下把手上的调整器，直到确定靠背的斜度已经降至她休息时习惯的三十五度，才松开手指。她合上眼睛，锡利加的《安魂》柔和地在耳机里回荡着。

虽然行前她强调希望和其他的移民安排在一起，但由于荻姬肩负领队的头衔，谨慎的旗舰舰长仍然执意将她安排在舰桥中的特别舱位，这个舱位本来是由舰长专用的。荻姬杂乱的思绪瞬即在音乐的抚慰下平息，朦胧的白袍出现在脑海中，锡利加慈祥的面容带着无限的悲悯，她感到他多骨节的修长手指正轻按住她的额头。

醒后，她放下耳机，一面撩拨着及肩的黑发，通过由五道羽状金属翼组合的舱门，进入了舰桥的主室。

“夫人。”忙着誊录航行日志的舰长起身行礼，荻姬微微颔首，舰长未刮净的短髭刺痒了她的手背。

舰桥的正面是用透明金属制成的，前方的景观一览无遗，在高速航行下倒退的各种星体，流窜着绚烂的光彩。科学官座前的巨大显示器记录着这艘梭形运输舰的电子扫描图像，以绿色线条组成的舰身不断地在荧幕上做三百六十度的旋转，任何轻微的损害都立即会在该部位显出红色的警示。十六名驾驶棋布在宽敞的平面上，他们被包围在各式闪亮的仪器间。中心处矗立着立体的四度空间坐标仪，在主电脑的精密测量下继续地显示着庞大船队和星体间的相对位置。舰桥正下方二百公尺的船体内，主机室尚有四百余名一、二级技术人员在维持着这艘庞硕旗舰的运作。

▽

三百零二艘运输舰组成的船队排列成三个锥形，以七千马赫的秒速前进。在已知的历史中，这是星际中最大规模的一次移民行动：六百余万人预定在《地球联邦反基尔星移民法》生效的两日前，即地球纪元 2671 年 7 月 24 日到达地球。

▽

他轻轻推开妲·塔特儿，她松懈下来的肢体无力地飘开，妲放任自己飘浮在无重力的半空中。卢卡斯滑动逐渐恢复元气的手臂，拉下了重力装置，两人都缓缓沉下柔软的海绵床垫，停止低吟的女人依旧陶醉在高潮的余韵里。爱气的缺点就是在事后对男性会产生一些不快的呕吐感，尽管它对官能的刺激有着奇妙的功效。

卢卡斯走进豪华的浴室，圆壁上嵌满上品的水晶瓷片。他站在旋转台上，让雾气蒸满胆汁型的匀称体格。一片空白而近乎虚脱的感觉通常在放射精液后的蒸浴中涌出，但是今天他却想到了荻姬，自从数周前他发现荻姬留下了项链，就一直耿耿于怀。新婚之夜，卢卡斯把金质的项链挂在荻姬的颈上，坠子上是他英挺的侧像，多年来她从未拿下过这串项链。

▽

卢卡斯走出浴室，妲正仔细地挽束发髻，同时轻柔地吟唱哀伤的曲调。他的眼神留滞在她的背影上，抬高的前臂使得粉红色的乳头隐现在侧身柔和的线条外。

能够同时认真地拥有两个女人是否真是一种幸福？也许使得男人偷情的诱因，正是对于那份罪恶感的向往。卢卡斯想起荻姬特别不喜爱在无重力下做爱，“那使我没有安全感”。她磁性的声音清晰地浮现在他的耳际。

▽

总督官邸的主卧房中悬挂着一幅合照，拥抱着一簇可思莫思花的荻姬含笑占据中央的位置；她的父亲站在右边，目光矍然，是个气度不凡的长者；金发的卢卡斯则伴随在左边，一个充满野心的男人。

▽

“各位乘客，本舰即将进入这次旅程中第十三次的跃进飞行，请按下自动安全系统的绿钮。”

主电脑选用娇憨的女声播音。八十个容纳两百八十名乘客的舱位中，变卖了一切家产来换取乘坐证和移民证的旅人们纷纷遵照指示按下绿钮。

荻姬让合成纤维制成的环带自动地围绕住腰身，启动时带着嘶声的护盔贴上耳际。她失神的双眼望着粉红色的舱壁，每次听到由机械模拟出来的人声，就有一股荒凉的寂寞感袭上心头，就是因为太逼真了吧。荻姬已准备好迎接对呼吸器官略带压迫感的跃进过程。

舰桥上立即陷入全面动员的紧张气氛，这是到达目的地前最后一次跃进。有数十亿宇宙里航行经验的舰长，仍然不敢掉以轻心，尤其是统领着如此庞大的船队，必须在不容丝毫计算误差的情况下，瞬间通过黑洞。

“辅助引擎全开！”舰长下令。

几乎在同时，剧烈的震撼伴随轰然巨响，整个舰桥的工作人员都滚跌到地上，舰长抓住一座仪器，他的嘴角因为撞击而渗出血丝，“我们受到攻击了！”他狂吼。

坐标仪上突然出现数十个黄点，将船队包围住，“异次元潜艇！”科学官惊叫，“只有躲藏在异次元空间的潜艇才能躲过侦防系统的扫描，现在它们完全浮现出来了！”坐标仪上代表船队的星点一个个碎裂开来，然后消失。又一阵巨响，显示器上旗舰的腹部出现恐怖的裂缝，红色的部分正迅速地扩大、向主机室延伸。重力调节器显然已经受损，晕厥的工作人员一一飘浮起来了。

“第一类紧急状况。第一类紧急状况。”主电脑僵冷的声音回荡着。

▽

妲回去了。进入密道的传送带，她很快地会在一公里以外的一栋民宅出现，专用司机会在那里等她，离开时她将乘坐一辆不起眼的国民车。身为在野党的领袖，她的确有许多的顾虑。

卢卡斯陷入沉思。幼时他常常在种满稞类作物的田中仰望着夜空，基尔的三颗卫星正进行着它们漫长的竞赛，他特别喜欢大甘姆，“我的名字将来一定要像金色的大甘姆一样，永远和基尔结合在一起”。对于一个只拥有四十几个柴基达人的中下家庭而言，卢卡斯十二岁起便必须负担起相当的工作。那时新丽姬亚帝国尚未在 M77 银河中完全壮大；“唐氏跨星企业”的巨型字体，在全基尔唯一的一座空中浮垒的底部，周而复始地不断流动着。当浮垒经过田野时，整个星空都被遮住，燃烧般灼亮的字样占满了仰望者的视野。

他点起一支定制的烟卷。烟草是来自许多光年外的地球极品，其中以无害的比例渗入一种地球联邦立法禁用的兴奋剂；纸卷上精致地用金质烫上他的名字以及象征基尔的三环标识。进入唐氏跨星企业是他一生的转捩点，卢卡斯永远无法忘怀第一次踏上浮垒的兴奋和感动，当时他幼稚地以为这是宇宙间最伟大的科技结晶，日后他渐渐体会到这座浮垒对于整个唐氏企业而言，不过是只微不足道的花瓶。

凭借着唐氏企业的力量，他在巴那省的地方议会崛起，最后他终于成为基尔邦第二十八任民选总督。但是，他却成功地运用邦联会和大农户的力量完全驱除唐氏企业在基尔星的地位，邦政府接管了唐氏企业所有的垄断事业，这是地球联邦除母星地球外十九个殖民星球唯一脱离唐氏企业控制的先例。

四年前他连任时的情景仍然历历在目，卢卡斯站在总督府前的阅兵台上接受人群的欢呼，整齐的邦政府军列队通过，重型坦克、三栖吉普和机动飞弹[1]在《基尔颂》的陪衬下接受检阅，他感觉到自己是基尔邦真正的执政者。他的铜像在同时揭幕，矗立在首都广场之上，和一百七十余年前率领第一艘殖民船进入基尔星的基尔·史匹贝尔的铜像东西对望。

这一切荣光即将成为过去。一百七十余年前被基尔·史匹贝尔驱逐的丽姬亚人重建了庞大的新丽姬亚帝国——他们曾经以优越的宗主身份统治这颗原名柴基达的星球达千年之久，暗大帝这个传奇性的英主在晚近的二十

1　装有自动飞行装置的炸弹，如导弹。

年中横扫双螺状的 M77 银河，除了基尔星以外，只有螺臂外围的十九个独立行星凭借着较先进的阻吓武力而得以幸存。

三年前，亦即地球纪元 2668 年底，地球联邦以放弃基尔星为条件而换取了新丽姬亚帝国的和平保证，在条约中新帝国宽大地给予基尔政府三年的缓冲期间。一夜之间，三千万基尔公民陷入混乱和悲伤中，土地、公债、股票和被地球联邦立法禁止输出的二十亿柴基达农奴的交易价格都狂暴地跌至冰点。真正令基尔公民恐惧的是，在新帝国征服下的异族都被装置上心智控制系统以及施加遗传工程手术，使他们成为彻底的生产工具。

“还有一百零三天。”卢卡斯喃喃自语。燃尽的烟尾烫醒了他，卢卡斯在十六格监视荧幕上看到锡利加的身影。监视荧幕上的十六个分割单位，清楚地将通往总督办公室中途的空间显示出来。

除了防卫长官田宫元帅之外，锡利加是唯一不须经过通告安排而径行进入总督室的基尔公民，不仅因为他是全星信仰的中心，更因为他和总督之间分享着深刻的友谊。

▽

锡利加稳重的步伐渐渐接近这座环形巨厦的核心，他的影像在一格荧幕中消失，又瞬间出现在另一格荧幕上。

门启处，锡利加消瘦的脸庞出现在卢卡斯的眼前。

他笔直地走到桌前，坐在升出地面的客椅上，他习惯性地将双手分别擎住把手的端处。

“我有很不好的预感，卢卡斯。”

“你指丽姬亚？”

锡利加摇头：“是移民船队。我感觉到爆炸，很强烈的爆炸。”

卢卡斯在手边的键盘上找到几个他要输入的符号，桌前凹槽中的小型显示器上立即列出一串资料。

“他们应该正通过 G79 地区，已经进入联邦游骑部队的巡弋范围之内。”卢卡斯想到荻姬，他有些忧郁地望着锡利加，就算六百万人都炸得粉碎那也没有关系，他只要荻姬平安。

“锡利加，但愿你的预感是项误失。”

通讯[1]电视适时哔哔地响了。卢卡斯用遥控器打开壁

1　即通信。

上的光幕，田宫蜡黄色的脸孔出现在两人之前。

“总督阁下，锡利加主教。”他显然也看见了锡利加在场。

“元帅，这个时间你不是都在靶场吗？”

“我刚从靶场赶回。地球方面的超空间电传，移民船队出事了，在 G79 地区全部罹难，原因正由联邦方面调查中。”

“荻姬？”

田宫停顿了一下，有些吃力地说：“卢卡斯，我很遗憾。电传资料上表示不可能有任何生还者。”

卢卡斯神经质地望着田宫影像消逝后留下的空白。他甚至没有注意到田宫沉重的告辞，事实上他的双眼只看到一片漆黑。

锡利加按住卢卡斯的肩头，观念动力暂时平服了卢卡斯的情绪。

“明天傍晚，我在首都广场为他们追悼。”

说完，锡利加转身走了，半麻醉状态下的总督，看见锡利加转身时披肩的黑发，纾缓地散成一个优美的弧度。

▽

将近三十万的基尔公民聚集在庞大的露天广场中。地球纪元 2671 年 7 月 23 日傍晚，锡利加在总督府对面的首都广场举行追悼的音乐会。

伟大的音乐宗教家，锡利加教的创教者和教主，锡利加，他站在围成半圆形的乐器组中，即兴演奏着，将他充满悲悯的感情借着音乐的联结，而使得数十万人的心灵融为一体。他五指按动着磁波琴的圆键，另一手握钨制的权杖敲击着编磬和锡锣。一袭白衣翩翩地闪动在不同的乐器间，他抓住每一个应该适时出现的音韵，锡利加已将自己的呼吸和宇宙生息的脉动调节成一致，群众的呼吸也被他强大的力量诱导着。两排“追随者”——也就是锡利加的入室子弟——跪坐在演奏台的后方，规律地拍打着小型皮鼓；常松和阿黝，锡利加最赏识的两个“追随者”，正配合着锡利加传入他们脑中的感应而开合着镭射和镤光，在葫芦形的演奏台周沿和上空映射出变换的抽象图案。

整个台座像是在燃烧中缓缓升起，即使是紧闭着眼睛，也可以看见在光芒中膨胀、拉长的锡利加，他的幻象一直增长，直到超过了总督府的高度。

▽

离场时，卢卡斯领导下的执政党阁员随着总督步出专用的阳台，他在簇拥的警卫间看到了妲，女人用有距离的眼神和总督示意，她现在是以人民党总裁的身份出现。

卢卡斯又在杂沓的群众中看到几双有敌意的眼睛，是几个穿着单肩皮衣的青年，在基尔星上只有第三党人才做这种抢眼的打扮。在联邦放弃基尔之后，一些原本属于人民党的激进青年组织了这个地下政党，他们的基本主张和人民党并没有不同，都主张基尔脱离联邦，只是他们更为激进。第三党人宣言反对一切既得权者，不论是执政党的或是人民党的，他们甚至指控锡利加是一个骗子；卢卡斯还从资讯局局长李庸那儿听说他们有一份以锡利加为榜首的、叫作“基尔之癌”的暗杀名单，总督、阿部、田宫、沙德是名列前茅的当然人选，就连形象良好的新闻署长迪尼洛和双博士出身的农业总长米高也被列入其中，更别说其他的阁员和各省的民政长了；名单上敬陪末座的竟是妲·塔特儿。

▽

地球纪元 2671 年 8 月 20 日。新丽姬亚帝国特使乌雍中将抵达基尔邦首都，迎接他的是基尔邦全权代表星际协调会主委王帆远。

▽

地球纪元 2671 年 8 月 22 日。妲以基尔邦副议长和在野党领袖的身份来到已封锁数周的 G79 地区。地球方面的调查工作早在事后的三天内停顿了，他们草率地认定是柴基达组的星际土匪所为。

海豚级侦察舰上，基尔星来的调查团员们在窗前望着悬宕着无数静止残骸的前景。妲痴立着，她首次贴切地体会到什么叫太空坟场。残骸散播的区域相当于土星光环内的范围，因为移民船的体积相当惊人，有些碎片的体积有侦察舰的数倍大。

侦察舰的外形像一只胡蜂，两只触角在前端伸出；在相当于蜂腰的部位，八十余名穿着外骨骼装的工作人员乘坐着单人式的椅式轻艇，鱼贯地出现在漆黑的宇宙中。

同日，基尔邦的特务最高主管、基尔中央资讯局局长李庸以及巴那省民政长科涅特分别在自宅和省政府被第三党暴徒枪杀。总督发表措辞强烈的谴责，誓言整肃第三党一干人等。

▽

地球纪元 2671 年 8 月 23 日，王帆远刚在船坞中送走新帝国的特使。在基尔政坛中被尊称为“王老”的王帆远素以脾气好见称，但是他对于这个满口“吾皇万岁”的蓝皮人感到深恶痛绝，坐上座车之后，他不禁破口咒骂，窗外戒严中的驰道显得格外冷清。王老身侧的财政总长阿部脸色黯然，他的妻子安娜留下一纸离婚协议书，两天前和青梅竹马的表弟一起搭车离开首都，这个打击使得他几乎崩溃。

王帆远和阿部两人神色疲惫地步入总督府的会议厅。总督铁青着脸坐在主席的位置，几个核心人物个个容颜灰败，已经等候多时。

王帆远语调平淡地报告了谈判破裂的经过。

卢卡斯向阿部示意。

财政总长阿部回过神来，他拨开安娜的幻影，打破了沉默："没有任何回旋余地。最后通牒已经下来了，对方拒绝我们提出的自治方案，也拒绝过渡政府，我们必须要在 11 月 3 日以前做好一切打算。"他望一望田宫元帅。

田宫接着说："地球联军早已在两个月前撤走，新帝国进一步要求我方在 11 月 2 日前解除邦属部队的最后武装，打开大气层外的防护磁场，并且解散邦政府和邦议会。要打要降，这是我们做最后决定的时刻。"

农业总长米高擦拭着泪水。

邦议长尼可金正从他最后的一盒卡提尔中抽出一整支来，他愤怒的抱怨打断了田宫的话："最后一艘联邦货轮昨天离境了，他们没有进卡提尔。"

田宫瞪了议长一眼，继续说："此间还有一千多万的公民没有撤离。我们能够坐视不顾吗？"

老成持重的星际协调会主委王帆远接口："元帅说得有道理。"

尼可金冷哼了一声："王帆远你这个全权代表是怎么干的？现在，在座的各位能够安全地撤离就已经是大幸了。"

卢卡斯依旧铁青着脸一言不发。

王帆远索性闭目养神。

田宫抗辩："尼可金议长，你去谈判，也不会有结果。十九个独立星球都能自给自足，为什么我们不能独树一帜？如果我们团结起来，也许能够抵抗新帝国的侵略？"

"也许？在你说是也许，我的电脑却告诉我任何抵抗的成功几率[1]都是零。荒谬得可以。"尼可金文不对题地说下去，"如果不是那些把持联邦的黄种人，今天我不会没有卡提尔。"他用夹烟的右手用力地捶击桌面，烟灰被震落了一片，"没有卡提尔我怎样生存下去！"

田宫说话的音调明显在压抑一股强烈的愤怒："去你的卡提尔，你为什么不试试别的牌子？G79地区死了六百万人；现在连外围的独立行星也完全封锁和本邦之间的航线，他们显然已经受到丽姬亚方面的警告。猎龙星还趁机扣留本邦四十七艘商用星舰。我们不能弃下这一千多万人不顾。"

王帆远眯着眼，欲言又止。

"元帅，有话好说。"新闻署长迪尼洛权充和事佬。

---

1 即概率。

尼可金冷静了下来，他的脸色充满了轻视和嘲弄。他刻意针对着田宫说：“元帅大人你怎么变成第三党的发言人了？你会弄得我们在星际间无处可走。也许你可以在大甘姆的岩洞里搞个流亡政府，但是我一点也没有兴趣。告诉你，田宫，我一点也没有兴趣。”

“请不要低估本邦的自卫能力，”田宫涨红着脸说，“新丽姬亚帝国的实力被夸张得太厉害了。”

“你用什么去抵抗新帝国超现代化的改造人部队？他们首先会毫不在乎地用游星炸弹轰烂我们头上的那圈宝贝磁场，然后率先铲平这座总督府和田宫你的星球防卫总部。”尼可金的声音高昂起来，他似乎没有注意到卢卡斯和田宫的脸色都很坏。

王帆远搔着白发，温吞地开口。“多年来大家在这颗星球上投注了无数的心力，邦政府不能不考虑几代以来地球移民的建设成果。”他轻咳一声，接着说，“没有到最后关头，不宜轻言弃守。”

米高突然哭出声来。

卢卡斯闭起双目，不知在想些什么。

新闻署长迪尼洛在一旁点头，绿色的头发非常显眼。

“最后关头？”尼可金说，“我们早已经走到最后关头了！”

“太偏激了，”田宫说，“尼可金议长，你忘了这颗星球上有多少公民支持你担任这个职位？”

“我何尝愿意放弃这里的一切！我一生的心血都灌注在这里！尼可金家族名下的八百万农奴在一夜间变成了废物！”邦议长激动地站了起来。

以精干著称，在现场却一直保持沉默的首都市长沙德感到情况不对，他看了蓝斯一眼——蓝斯是邦议会的秘书长、尼可金的死党。沙德发现秘书长并无劝阻之意，于是他自己对着尼可金开口：“议长，你把话题扯远了。”

尼可金根本忽略了沙德的提醒，他没有顾虑到在座的王帆远、阿部和田宫，鄙夷地吼出：“从联邦中央到这张会议桌，把持的都是一些黄脸孔的猪猡……”接着，沙德顾虑的事情终于发生了。

“乒乒”二声，尼可金连着座椅向后摔出，倒在大理石地板上。阿部看到田宫拔出镅枪时已经来不及阻止。全场的人登时都愣住了；两个柴基达仆人看见主人们相残，手足无措地站在原地。尼可金臃肿的身躯挣扎着，胸前两个黑色的洞穴发出白烟和焦肉的气味，他勉强用右手颤抖地指着田宫，发不出声音的口中溢出了黏稠的呕吐物。

米高停止了啜泣，王帆远浑身颤抖，迪尼洛张大了嘴巴，阿部的面颊抽搐着，沙德反而无动于衷。

田宫斜对面的蓝斯想夺下镅枪，他的手横过宽敞的桌面而使得瘦长的身体呈现不自然的斜度，田宫的枪口正对着他的眉心发射出令人目盲的光束，米高惊叫的同时，蓝斯扭曲的身体斜倒在桌面，烧焦的脑浆喷散在王帆远身上。

“够了！”卢卡斯竭力狂吼，“我们已经有够多的血腥和杀戮！”

全场安静下来，田宫布满血丝的眼睛惊疑地注视双目圆睁的总督。

地板上尼可金掉下的半截雪茄，正烧到卡提尔的银色标识，银色的部分在燃烧后便再也分辨不出来。

镅枪铿然落地。

▽

8 月 26 日。G79 地区的海豚级侦察舰上。

“不错，是海克力斯飞弹，从移民船炸裂的痕迹，残弹的检验以及本区放射能含量的分析种种来看，一切证据都指向这种高性能的新型飞弹。”首席科学官对着妲说。

“此种飞弹专门配用在地球联邦军所属的异次元潜艇上。这也说明了为什么庞大的移民船队能够在如此接近地球的地区被完全消灭的原因。”侦察舰舰长也提出自己的意见。

经过冗长的分析和推测之后，针对妲提出的疑点，科学官继续说明：“旗舰上装置的侦防系统涵盖范围的直径长达三千宇宙里，其中任何动、静态物体都经过主电脑的分析和过滤。在发现攻击性的舰队或是飞弹后，即使全部船只都来不及进入跃进点，也有充分的时间缓冲，得以分散船队，发出求救讯号，或是进行弃船。

“只有躲藏在另一个重叠空间的异次元潜艇才能规避侦防系统的扫描。况且这些潜艇本身就是联邦的武力。”科学官说完，凝视着妲，等待她的结论。

妲凝重地叹了一口气：

“剩下的只是动机问题。”

▽

迪尼洛出现在中央电台的频道上，宣读邦政府对于邦议会两个要员的哀悼文告。

尼可金议长和蓝斯秘书长的丧礼在基尔人民英雄堂盛大举行。典礼由治丧委员会主任委员田宫元帅主持，他简洁地报告两人对于基尔邦做出的伟大贡献，以及对于他们在总督召开的临时府会协调会议中双双中风去世的事件感到的无限遗憾。“这是全基尔星的损失。”他带着勉强的语调被群众误认为是过分哀悼后当然的表现。

在农业总长米高的前导下，两具覆盖着三环邦旗的棺木由数名邦政府军的低阶军官抬出正堂，准备移置灵车。这时近千名邦政府军士正驱散着候在堂外的第三党人，他们提着侮辱死者的标语。有几十人即刻在枪托下倒地，当场被逮捕。

缺席的总督此刻正在专用的船坞上准备登船，他刚刚接到妲自 G79 地区发回的超空间电传。他向送行的锡利加说：“这时离开基尔真是很不妥当，但是为了荻姬，我必须到现场一趟。”锡利加握着卢卡斯的手，交给他一枚瓷片。“好久以前就答应亲自为你录一曲，这次恰好能排遣旅途中的寂寞吧？”锡利加笑道。

卢卡斯回报以感激的眼神。

“这是新曲《幻海》，你是第一个听众。”说完锡利加转身离去，白色的长袍划开一道闪逝的鸿迹。

一会儿，阿部匆匆赶到，他向着进入升降机中的卢卡斯大喊：“头儿！奥玛方面的事情已经安排好了！”

卢卡斯在升入舱口前转身回答阿部一句：“一切务须谨慎！”

▽

一个第三党的特务，突然伸懒腰一般挺直脊柱，从两只拇指导入的电流贯穿他的神经系统，僵硬、扭曲、蜷缩、舒展，各种痛苦的姿势急速变换着。“升到四百。”田宫冷峻下令，操作的中士望了元帅一眼，继续拉动摇杆。防震玻璃后的受刑人好像被一双巨掌击中，猛然撞击白色的塑钢墙壁。

“我不相信他死也不说。”田宫注视那从墙壁弹回地面的男人。

“报告元帅，”中士指着生命迹象仪上归零的指针，

“犯人已经‘除籍’了。”

▽

出发后第三天，卢卡斯接到了代理总督田宫元帅的传真报告，邦议会已被他解散，田宫的说辞是法定人数已经不足了。

卢卡斯传回这样的回复：“有没有议会都是一样的。”

他有些矛盾自己为什么要赶到 G79 地区和调查团会合，真的是为了荻姬之死吗？还是为了见妲？荻姬死后，他心底的罪恶感一直无法除却，丧失荻姬，对妲的爱竟然完全失去了根据。这是一种多么奇异的感觉，卢卡斯想。

卢卡斯把玩着荻姬留下的项链，他一生中从未到过地球本部，虽然他的妻子出生在地球。这许是他最长的旅程之一，漫长的时间使他拥有充分思考的余裕。

他反复地听着锡利加给他的音乐，瓷片中同时录进了教主的脑波，锡利加的心智力量得以和卢卡斯的精神连接。

▽

当《真空》演奏完毕，数十万群众的心灵都已进入澄澈的真空中。

锡利加站在首都广场的演奏台上，两排追随者分列左右，他以绵长而洪亮的声音发表演说：

“……对于任何生灵的迫害和杀戮都违反了宇宙间的正义；地域性的狭隘感情促使了各种人类互相的伤害。

“暴力与暴力相易的结果，旧的胜利者在新的失败中灭绝；被侵略者在翻身后成为更强大的侵略者。

“对于物质的迷信，使得心智的美和真被人类遗忘了。

“让我们用善意识的集体力量、用沉思得到的信仰来消除争夺的贪欲和仇恨吧……”

▽

静坐中的群众间忽然传来一声长哨，十几个装上耳塞、扮成农夫的第三党人站了起来齐向台上射击。十余道绿色的闪光飞窜着，追随者们用身体挡住了教主。几个追随者被射中了，他们仍强忍着痛楚张开了双臂。又一波闪光，五六名追随者立即不支倒地。常松拉着锡利加往台后退，一个狂吼着“锡利加是基尔之癌！”的棕发青年用一枚榴弹射入常松的胁下，他的胸腔炸开来，激射出来的血液溅满锡利加的全身。

台下乱成一团，有些人想抱住刺客，第三党人立即将火力移转到群众身上，成排的人们被射倒在地上，台前很快空出一片堆满尸身的地带。

浴满常松之血的教主悲愤地长啸，他的头发竖立了起来，强大的观念动力将十几个第三党党徒举起，他们瞪大着布满红丝的眼睛飘浮在半空中，僵硬的手指再也扣不下扳机，像沸水般的群众也静止下来。锡利加张开双臂，他们便冉冉上升，他再发出一声凄厉的巨吼，十几个人在高空中像烟火般爆炸成粉末。

▽

9月25日，卢卡斯和姐会合。见到姐之前，卢卡斯撕碎了一张田宫具名的电传报告，内容是田宫处决了七个省级地方议会的议长联合请愿团的所有成员；在同一份被撕碎的报告中，田宫指出首都断粮的警讯。姐以调查团长的身份登上总督的座机向卢卡斯做简报。

“明天我就要航向地球，面见执行长。”卢卡斯听完妲的简报后说。他示意妲暂坐，一面点烟，一面打开内线通讯，交代发报主任向地球方面联络。

“如果可能的话，今天你留在这儿吧。”卢卡斯抬起疲倦的脸庞，恳求他的爱人。

妲点头。在《联邦太空航行法》中规定，超过二十天的航程中和非配偶性交可以阻却违法，换言之，即不在法律和道德的谴责范围，这使得长程太空船中有关女性乘员的法定比例的规定不成为具文。这种规定不但是基于人道要求，更主要的目的在于维护航行安全；在太空中长期的禁欲极易导致暂时性的精神失衡，立法前有相当比例的空难事件即肇因于斯。

卢卡斯带着妲进入卧舱。

“你瘦了。”

“就是太阳，也会变成白矮星。”妲回答。

也许是因为疏远太久的关系，卢卡斯竟然不知做爱前还该说些什么。他带着伤害性地询问：“这些日子有没有值得怀念的性游戏？”出口后他即时后悔了。卢卡斯拉住转身要走的妲，将她按倒在床上……

喘息平伏以后他将项链挂上妲的颈项。

卢卡斯金色的侧像，躺卧在沉睡的乳房间。

▽

所有的线索都通向一颗蓝色的行星。

卢卡斯乘坐着联邦派至 G79 地区迎接的专机，通过太阳系的三道防护磁障，在两天后到达上海机场。对于一个即将丧失政府地位的地方首长，联邦方面可以说是倍加礼遇了。

不过卢卡斯很快理解到自己的新闻价值。十余名尉级军官推开蜂拥而至的记者群，“总督请发表对于空难事件的调查结果……”，“请对数周前基尔议长和秘书长的死亡发表意见……”，“请您说明此行的目的……”卢卡斯紧闭着双唇，闪烁的镁光灯下他的视野变得模糊。在机场正门前已经有辆杜兰沙氏陆上喷射艇等候着，两旁各有四辆高速轻装装甲车，在卢卡斯乘坐的喷射艇启动后立即随行，卢卡斯有着被递解的恶劣感觉。

地球和基尔有着相当奇妙的巧合，那就是自转一周时间完全相同，但是在人文景观上却有重大的差异。喷射艇迅速地通过天津，两小时后到达联邦首都民主市。宽敞的街道两旁矗立着三百层以上的烛台型建筑，天幕上挤满了镭射组成的悬浮看板，绚烂的光线几乎没有替夜空留下半块纯净的蓝黑色，在这个都市中布满了商业的气息。民主市是一个计划性的纯人工都市，市中心正位于东经 135 度和北纬 40 度的交点上。这个地区在两个世纪以前还是日本海，在地球联邦联合开发本部的设计下才将整个日本海填成陆地；民主市建立后，联邦的首都就由基辅迁至此处。

卢卡斯在联邦内政联席会议大厦前下车。

▽

内政联席会议大厦是高达七百层楼高的紫色建筑，占用了都市几何中心的庞大地区。从空中鸟瞰可以看到整座建筑呈现中空的五角星形，九十余万的高级事务官员在此掌握着整个联邦。

执行长的球状办公室悬浮在中空处，由五道透明金属制成的输送道连接在星形的五个凹角上。执行长——长谷川太郎是这个伟大联邦的实际统治者；联邦主席不过是由母星上各邦总督轮任的虚位元首，而外星各邦总督甚至不具轮任元首的资格。

卢卡斯正站在输送道上平稳地接近圆球，它的外表就是一颗硕大的地球仪。卢卡斯举目所及都是星形大厦的内壁，室内的建筑都被高大的内壁挡住，唯一能够看到的是座蕈状的红色建筑，耸然地超越了联邦内政联席会议大厦，“唐氏跨星企业”的金色字样清晰可见。

圆球的入口处，探测仪在七分之一秒的瞬间核对过卢卡斯的脑波形态，在确定无误后立即开启入室的钢门，两名护送的军官留候在外。

“欢迎！卢卡斯阁下。”长谷川满脸笑容地招呼着，他站在宽如足球场大小的空间中显得异常短小精悍，声音尖锐了些，但是神态十分高雅。“人类信爱”四个汉字占满了大半片的室壁。一个形容寂寞的绿袍老人坐在长谷川的办公桌旁喝茶。

“这位想必不用介绍了？”长谷川指着老人，老人头也不抬，面无表情地品赏茶叶的甘味。

“老爹！”卢卡斯喊道。这个老人就是唐光荣；唐氏跨星企业的主宰，荻姬的父亲；当然，也是卢卡斯的岳父。

执行长请卢卡斯在沙发上坐下，一个机械人端来两杯红酒。如果不是设计者刻意在眉心部位镶嵌着一些突出的烤漆机件，以如此自然的体态和乱真的皮肤，几乎使卢卡斯误其为真人。

▽

针对“道德重整运动”发表了冗长的看法之后，执行长喝了一大口波特酒：“对于基尔邦六百万同胞的不幸我深表遗憾。”

他接着说：“至于缉捕凶手方面，联邦军已在领空范围内搜索柴基达组的星际匪徒。”

忍耐不住的卢卡斯打断了执行长：“阁下不必再造作下去了。”

“你的言语相当不客气。”

“阁下的谎言更加地不高明。你不了解柴基达人，他们不仅仅是一群农奴，当一百多年前我们从丽姬亚人手中接管柴基达人时，他们就已经是家畜了。柴基达是丽姬亚语，它的意义就是高级的家畜，他们天生有着服从和被管束的基因，家畜是不可能背叛主人的。”

“柴基达组的存在是个事实，这似乎和你的理论矛盾吧？”执行长仍然保持着高雅的微笑。

“不错，是有突变存在，在三十万分之一的几率下，这些突变后的柴基达人具有人类的叛逆性。在二十亿农奴中，只有七百多个变种，其中三百五十七人已被邦政府动过改造手术，恢复成无害的农奴。剩下的部分偷了一些船舰而组成柴基达组，问题在于他们无法唤起一群家畜来推翻主人，这也是仅占总人口百分之一点三的地球人能够完全地控制基尔的原因。

“早在二十余年前柴基达人即被禁止在一切太空船舰和机场、船坞工作，不但窃取航空器的可能性降至零，更可严防未被发现的突变者学习新的驾驶和战斗的技术。”

卢卡斯用甜腻的红波特酒沾濡下唇，他看到执行长很热心地倾听着，便继续地说下去：

“柴基达组在邦舰队的扫荡下，只残余一些轻型的炮艇和部分改装的商船，连进行一些小型的骚扰活动都十分吃力，更何况他们根本不具备跃进飞行所需的逆转熵能引擎。

“在到达 G79 地区以前，从基尔附近出发的舰艇至少必须经过十二次跃进，如果柴基达组只使用航行引擎，那么他们在未到达前已经全部老死了。难道阁下要告诉我他们在三百年前就开始这项计划了吗？

“就算他们能够到达吧，他们也没有异次元潜艇，不是吗？执行长。全地球联邦只有你才有权力秘密动用异次元潜艇部队。”

长谷川仰头大笑：“电脑已经告诉我们，能够欺骗阁下这种优秀人才的几率有多么低；不过它也告诉我们能够欺骗联邦公民的几率有多么高，99.7%。就算阁下现在到电视上发表演说，也没有人会相信你，更没有人会同情你，在崇尚自由民主的联邦没有人会同情一个来自奴隶社会的总督。”

卢卡斯怀疑地问道：“你口口声声的‘我们’莫非是指……”

长谷川保持着微笑，无边眼镜旁的鱼尾纹更深了。

他说：“阁下似乎也犯下了不了解联邦的错误。”

卢卡斯突然想到那座蕈状的红色大厦、基尔的浮垒……他把视线移到绿袍老人的脸庞，脱口呼唤：

“老爹！”

绿袍老人依旧像一尊石像般沉静。

他终于抬起了视线。

“唐氏公司是这个联邦的真正支持者。”唐光荣缓缓开口。

“这么说来连割让基尔星的阴谋，也是由你们计划的？什么联邦议会，也不过是你们操纵下的投票机器吧？三千多万人的幸福就断送在你们一念之间？”卢卡斯愤怒地质问。

执行长打开他们面前的荧幕，“人类信爱”四个字消失了，出现立体的坐标仪。

“现在你看到的橙色的部分是联邦现有的势力范围。”执行长指着荧幕上西北角，地球和十八个殖民邦间用红色的线条联结起来。

“这里是丽姬亚人的势力范围。”他指着东南角上蓝色的区域，几乎囊括了整个 M77 银河。

“这是我们所知道的，有人类生存的全部领域。联邦和新帝国之间相隔着远远的距离，而基尔，”执行长指着地球和基尔间的一条红色虚线，几乎有荧幕的对角线那么长，“和地球联邦的核心部分脱离得太远了，丽姬亚人只要一天就能够抵达。当初新帝国向我们提出要求时，联邦方面也曾考虑过出兵和对方决战。”

唐光荣接口：“唐氏企业已经成功地将人类浪费在军备和战争的精力、生命和资源移转到星际的开发上，唐氏几代以来努力地缔造了人类历史上最长，而且继续下去的和平。

“目前联邦的武力，如异次元潜艇、远程轰炸机和母舰的数量和总吨位都远超过新丽姬亚帝国；但新帝国在游星炸弹和暗雷方面的领先已足以抵消我们全部的优势。

“一旦战争爆发，联邦本部至少必须保留 63% 的军力，才能维持最低限度的社会秩序和航道安全。低于这个比例，联邦政府很可能就会垮台，这片橙色的区域将会陷入黑暗时期。

“37% 的武力在通过漫长的征途中，在以逸待劳的新帝国军伏击下，我很怀疑是否能够有半数的残部到达基尔。

“更重要的是，基尔对于唐氏企业已经没有意义了。母星以及十八个殖民星球，都使用唐氏企业和卫星公司的机械制品。我们可以不断地创造需求，给他们最新式的耕耘机、跑车、飞艇、游乐器、机械人以及你能想象得到的所有东西。柴基达人的存在已经使得基尔对机械制品的仰赖减低至惊人的程度，而你的野心也未免太大了，甚至进一步完全攘夺唐氏企业在基尔的所有财产。”

卢卡斯冷笑一声：“你们在本质上和暗大帝有什么不同呢？甚至他还比你们诚实，他公开地独裁、公开地控制人民思想。”

执行长眯着眼说：“不错，但是问题在于做法。这就是你不成熟之处，事实上你又有什么资格批评这一切？没有我们就没有你。当年你替唐氏企业在奥玛贩卖禁药的故事，相信你不会轻易地淡忘吧？”

“就算你们拥有舍弃基尔星的一切理由，G79 地区的空前屠杀又能够带给你们什么样的利益？”基尔总督的声音有点颤抖，“还是纯粹只为向我们证明你们的力量！”

执行长推了推滑下的眼镜。他说：“在 G79 事件前，陆续移居地球的基尔公民已有六百多万。这些负担得起高旅费的人士，大部分已经变卖一切财产了，在到达地球后，他们成为不折不扣的难民。在完全不同的经济结构和生产技术要求下，他们根本无法投入联邦的人力资源市场，因此造成联邦政府的沉重负担。

“如果他们只是安分地按期领取失业津贴和难民救济金，然后躲在大厦中的三流出租套房里，重复着他们的性爱游戏，那倒也罢了。不，他们根本在陌生的地球上成为一群真正的文化异族，于是他们开始沦落为娼妓、强盗、走私者、毒品掮客和职业杀手，形成一股强大的反社会力量。大纽约地区在拥入大量基尔人后，犯罪率已经上升750%，东京则上升600%以上。

“二百亿人口的地球根本无法再容纳另外六百万的基尔人，我们不能冒着被颠覆的危险来收容他们，但是一方面由于《联邦反基尔星移民法》在立法程序中受到延宕；另一方面我们也没有预料到这么庞大的移民计划能够付诸实现。

“我们确实是不得已的。”

唐光荣等执行长说完，才放下他的茶杯：“卢卡斯，如果你不是这么性急的话，也许情况尚不至于如此。当年我确实想提拔你作为唐氏企业的接班人，否则我也不会将独生女嫁给你。”

卢卡斯感到整个面部的肌肉都僵硬如冰，他用神经质的眼神望着唐光荣。

“老爹，难道你没有考虑到荻姬吗？”这是卢卡斯最后的疑问。

“是她自己选择的。”

“荻姬事前已经知道了你们的计划？”

“在出航前我已经派人通知她了。”

“不可能，荻姬没有理由自杀，她更没有理由坐视六百万人进入坟场！你这个凶手，连自己的女儿都不放过。”

唐光荣的眼里充满了晶莹的泪光，他的声音却出奇地柔和：“是你杀了她。

“荻姬知道你和妲的事，她为了你不惜背叛我，甚至为了维持你们的婚姻而放弃唐氏企业的继承权，但是你却背叛了她。

“对于一个被背叛的女人而言，她已经失去生存的目的。”

卢卡斯发觉老人眼神中的寂寞和软弱。

“老爹，也许荻姬以为你会为了她而放弃计划。”

“为了公司和联邦，我已无所选择。”

“你们犯下的最大错误，就是把六百万人当成一个统计数字。”卢卡斯起身告辞，他发现荧幕上的坐标仪已经消逝，壁上恢复成“人类信爱”的字样。

这次漫长会谈的内容永远成为星际历史中的谜。

▽

卢卡斯一路上反复聆听《幻海》。

漫长的航程摧折心志。

四周的漫长航程经过，总督座机里的侍从们以及侦察舰上的工作人员终于重见基尔和他的三颗卫星。卢卡斯看着桌上液晶显示的时刻，“在这样广大绵邈的宇宙中，时间有什么意义？权力、名位又有什么意义？”在《幻海》的萧疏音律中，他自语着。

妲进来，从背后搭住卢卡斯的双肩，十指透过衣料轻轻地按捏着：“还有两个小时。”他一边说，一边仰过头，枕在她胸前柔软的凹陷间。

“等锡利加为我们证婚以后，到奥玛去。那里的都市站满了宏伟的大厦，那里的海底潜泳着额头长出宝石的时间龙……有一笔外汇存在奥玛星际银行，绝对足够我们安排一切，阿部也已经取得奥玛大统领克里斯多娃对于我们政治庇护的保证。”

卢卡斯凝视着妲，互相的脸孔在互相的视线中颠倒过来，女人明亮的双眸以及略带细纹的眼角清晰地映现在卢卡斯的瞳孔上。她迟疑了一会，眼睛流释出一股哀伤，什么也没有回答。

妲接着轻吻他的额角；触及稍嫌冰凉的唇，卢卡斯肯定自己已经完全脱离丧妻的悲恸。妲的长发垂落在他的脸缘，在银色的帘幕中，他同时感到一丝难以捉摸的幸福。

“不要离开我，妲。”妲仍然保持沉默，但是卢卡斯从她的眼里，看到奥玛首都力王市从湛蓝的瞳仁深处浮起。他的确有能力买下力王市商业中心地段的一整条街，带着妲，下半生必须另起炉灶，卢卡斯默默盘算。

▽

田宫坐在总督的月晶石大办公桌中，他正从瞌睡中缓缓转醒。

他望了一下座钟，还差四十分钟总督就返回基尔。田宫正准备赶赴船坞，他不经意地发现十六格监视器的荧幕上有几个黑影通过大厅前的长廊，另一格显示着大门处的警卫已经瘫倒在阶梯上。田宫连忙把映像放大，十几个穿着单肩装的青年正拿着重型枪支奔跑。“该死的第三党徒！”田宫猜想他们必然事先破坏警报系统的电路。此刻他们已出现在另一格荧幕上，几个惊讶的卫兵被射倒，还有一个斜飞了出去，直到墙壁阻挡住他的去势；荧幕瞬间黑暗下来，显然这格荧幕的监视镜头已被流火射毁。

田宫决断地按下备用的警铃，这根线路直接通往总督府旁的安全中心，红灯亮起来了，这表示机动部队将会在三分钟内拥入现场。

黑影们已侵入最后一格荧幕，田宫看着座钟，还有一分半钟。办公室外的长廊传来第三党人杂沓的脚步声。

▽

两名穿着追随者白色长袍的第三党人，低着头步上锡利加殿的石级，这是第三党“抗癌计划”的另一环节。

数百名追随者像锥形白石般盘坐地面。他们寂静地穿过静修中的追随者们，走向通入内殿的高耸拱门。

阿躅在背后唤住了他们：“兄弟，我似乎没有见过你们。”

锡利加坐在蒲团上，周围插满火把，使得穹形的内殿照得通明，布满乳色的氛围。主教有数周的时间没有步出内殿一步，自从他在广场事件中杀死十几个刺客后，便深深陷入自我疚责的泥沼中。十三岁那年，锡利加为了保护一个即将被处刑的柴基达人而觉悟到自己的异禀；之后，他便将自己的生命投入人道信仰和宇宙和平的建立。

他生平第一次使用恨的力量，这使得锡利加感到无比的恐惧，他担心恨会像心灵的癌细胞一样吞噬自己，那么自己惊人的能力不但会推翻过去的努力，更足以对有机生命的历史造成重大的斫伤。他叹了一口气，难道爱的力量无法将宇宙间的人类从仇恨和争夺中解放出来？只有锡利加自己明白：他的观念动力足以引爆一整颗星球，更足以毁灭整个新帝国舰队。

沉思中，即使已经切断所有和外界沟通的感官机能，锡利加还是突然察觉一股仇恨的力量正向他迫近。

阿躅想警告教主，但是距离内殿太远，而且他根本发不出声音，一片刀尖自他的背后戳出，红色的圈圈急速地在白袍上渲染开来；另一双铁箍似的手掌扼紧了他的咽喉。他渐渐地停止挣扎……

阿躅无力的身体缓缓地倒在回廊的巨柱间。

▽

铜门的中央渐渐开始起泡、销熔。

还有三十秒。

田宫看到第一格荧幕上，执钢盾和肩式机枪的机动部队正冲入大厅。

铜门被熔开一个大洞，田宫就地掩蔽在桌后，用标准的跪姿，持稳重型的锶枪，二十厘米的口径对准了铜门。田宫感到自己潮湿的手掌微微颤抖着，他吞了吞口水，心脏跳动剧烈，颊部的颜面肌肉不断非自主地抽搐。他想到那该死的噩梦，一度他总是重复地做着同性质的噩梦，梦魇化身为种种难以形容的恐怖幻象折磨他的精神，然而无论出现的是垂挂无数腐败乳房的鹫鸟或是长满蛇发的女妖，他都了解自己面临的是相同的东西。在无数逃避、挣扎后，田宫终于彻底自心中驱除了异形的幻觉。当幻象出现，他的意识便集中成为一粒光球，冲向那软体邪魔的核心……

边缘发出“嗞嗞”声响的洞口正愈加扩张，超过熔点的铜合金如烛泪般滑滴地面。洞口继续发出足以盲目的强光，已经有充分空间允许一个成人从容通过。

二十四秒。

“机动部队在搞什么鬼？”田宫试着深深吐纳，果然心跳减缓下来，两侧的太阳穴仍然被热辣的血液撞击着；他努力制约全身紧绷的神经和肌肉，不要让它们在对方第一波射击来临时就反射性地使躯体跳出掩体，那么他绝对没有任何反击的机会。绝对没有。

距离机动部队到达办公室的时间还有二十二秒。

浓厚的烟雾中，几个模糊的高大身影相继窜入室内，他们看起来就像是巨人的指头，田宫感到他噩梦中的怪物终于在现实中现形了。

第三党人横列一排，大胆地暴露自己，这是因为团队意识而产生的情绪，一种超越自我的狂热情绪和自信，他们拉开双腿站定，开始扫荡，十几杆不同口径、型制的枪支激射出缤纷的色彩。由左至右，由上至下，到处都是爆裂和碎片落地的声音，他们已不在乎田宫躲藏在哪一个角落，他们射域的涵盖范围根本不会留下任何反击的可能。

从狂暴中，他们舔尝到无限的快感，打碎一切、毁灭一切，光爆和音爆遮蔽了所有的感官机能，室内各种仪器都放射着连串的火花和各色烟雾，金属被瞬间燃烧后的焦臭弥漫每一寸角落。

剧烈的骚动、不安。狂暴之后一切归于沉静。

一切归于沉静。

静。

他们松开扳机，试图在不良的视野中搜寻田宫的碎片。

田宫猝然发难。

他自桌后跃起的身形震慑住这群暴徒，就在他们惊讶而不及反应的那一微秒，一道紫色的强烈光束横扫过去，在一阵惨烈的号叫后，第三党徒都被拦腰砍成两段。

这时，机动部队的跑步声整齐地传来。

▽

回廊的巨柱间，阿蠲倾倒中的身体突然消失。两名刺客立即了解锡利加已经洞悉一切，他们明白成功的几率也已经趋近于零了，但是使命驱策他们继续冲向内殿。这两个亡命徒是全盘计划中人数最少，但是实力最强的一个执行小组；接受命令之后，他们马上成为彻彻底底的行动机器，成功与否，他们都要成为第一等的烈士。

同时，阿蠲的身体显现在教主端坐的身前。

锡利加用温柔的眼神抚视被观念动力瞬间挪移至此的弟子，阿蠲平躺在半空中，紧闭着双眼，上半身沾满鲜血，白色的袍角垂飘着，教主的意志力轻轻地把悬宕的肉体放落地面。他将掌心缓缓伸向阿蠲被刺穿的心脏上方，他的意识扫描着伤口。被整齐割断的冠状动脉回旋枝贴伏在裂开的平滑肌上，血管开始接合，平滑肌、心包膜都在裂缝处再生出新的组织，被割伤的肋骨迅速地填补缺口，背部和胸部的伤口也痊愈了，瞬间结出纠缠的疤痕，新生的嫩皮透红而鲜亮，完全停顿的心脏，间歇地缩、张数次后，又开始由弱转强。

锡利加忽然收回了手，长叹一声。

即使能够让阿蠲的心脏恢复机能，也不过是捡回一具空壳而已，教主已经找不到阿蠲的脑波。锡利加惊觉自己的力量已经削弱，在试图制衡自己内心的冲突之后，他内在宇宙的秩序正疾速地瓦解、崩溃。毕竟无法挽救阿蠲的生命，又一个心爱的人为他牺牲了，无力感像棘草爬满他的心头，两行热泪簌簌淌下。阿蠲新愈合的胸肌平静地裸露在破裂的血袍外。

▽

两名第三党党徒已进入内殿入口，举起手枪瞄准锡利加不动的背部。

“噗、噗、噗”……五六个血洞在他的背后爆开。

锡利加镇定地转过身说：“我原谅你们。”

从正殿冲来的追随者们都不能相信教主竟然倾躺在血泊中，这些非暴力主义者在内殿口停了下来，望着圣血像蛛网般放射渗流。

▽

在船坞附近预备伏击总督的第三党人业已全数落网。田宫将刚接获有关锡利加遇刺重伤的消息告诉卢卡斯和妲，三人迅速地赶往锡利加殿。

锡利加殿，全基尔千万人类信仰的几何中心，位于基尔首都近郊的广大草原中央，像一面龟壳的扁平建筑吸附在基尔星的地表，整个建筑由七块主要部分结合而成；六块体积均等的六角形金刚乌石构成微穹顶形巨殿的周壁；穹顶是一块相同大小的月晶石，这种采自大甘姆的金色钵金属晶体的抗压系数是精钢的二十九点七七倍，必须使用终极光纤束才有可能切割。镶嵌在六块乌亮巨壁顶端的月晶石如同金色的瞳孔，整座圣殿就像是一颗巨大无匹的独眼，无休止地瞠视着宇宙变化，监督着金、绿、黄三种色系的卫星继续它们在轨道上宿命式的循环运动。

然而在地平面上趋近锡利加殿的轻装甲车队中，微型高解度光幕所能看到的全景，只是逐渐迫近的梭形物体，金刚乌石闪亮的黑色和夜色截然划分开来。这就是锡利加殿，使得基尔建立真正独立文明的精神动力所在。

卢卡斯等人分乘三部单人浮载具脱离停顿下来的轻装甲司令车，直接进入大殿的雄伟盘门。

象征锡利加教圣谛——大光明体——的紫色活体金属被供奉在正殿前端，柔软的触角无限制地突出、潜埋，淡淡地反射着绒毛似的滑移光刺，锡利加心爱的乐器都摆设在四周。卢卡斯想起《幻海》的旋律仿佛是为了今日的诀别而作，心中一阵酸楚。

浮载具上的反线性加速器轰轰的噪音唐突地打破正殿的空旷寂寥，三人迅速航向通往内殿的回廊。

“撑下去啊，我敬爱的人。”卢卡斯默祷。

回廊上连续的彩色壁画、柱间优美的刻饰以及一道道的拱门飞快地蹿逝，他们的浮载具和地面的相对距离保持固定，但是距离大陆平面的绝对高度却渐次提高，事实上，整道通向内殿的回廊正环绕着六块巨石的内缘，一圈圈地向穹顶接近。在上升螺线的终点，就是内殿的入口，换言之，内殿位于正殿的正上方，也就是整座圣殿的最上层部分。

锡利加仰躺在内殿的中央，左手紧握他惯用的钨质权杖，双眼凝视着覆盖整个殿顶的金色月晶石；追随者们一重重围住教主，构图出一环哀悼的白色花圈。

妲首先跳下载具，拨开一重重低声啜泣的弟子。她抱起锡利加沾满血汗的脸，几撮长发缠贴他大半边的面颊。锡利加已不能言语，他的眼眶深陷下去，双唇也失去丰润的光泽，教主勉强地抬起右手，握住姮的掌心，锡利加使用最后的力量，将他的念波和姮接通：

“我永远和宇宙同在……”

田宫用他粗厚的手掌合上教主的双眼。

▽

一阵暴雨，清晨就把首都广场的地面冲刷得闪闪发亮。

地球纪元 2671 年 11 月 2 日，新丽姬亚帝国接收基尔星的前一日。

一些无主的柴基达农奴用粗短的毛手将暗大帝的画像高挂在茅舍前的铁杆上，他们已准备好迎接新的主人。他们早上还在《基尔颂》的伴奏下向基尔邦旗肃立致敬；明天换了一面旗，他们仍然会抱着同样的虔诚和自卑去仰望着。

田宫、迪尼洛和姮在船坞替卢卡斯等人送行。

卢卡斯最后一次对姮说：“你真的不跟我到奥玛去？”

姮坚定地回答：“我要和田宫元帅并肩作战。”

卢卡斯在她的眼中发现炽烈的火焰，令人联想到锡利加的火葬，在熊熊的燃烧中升起一道巨大的光爆……

卢卡斯拍拍田宫的肩膀：“替我问候米高。王帆远和沙德还在船上等我。”

他转身进入透明管状的升降机，阿部抱着荻姬唯一的孩子马帝尾随在后。妲跑过来，“这个！”在玻璃门合拢前的瞬时递了一包东西给卢卡斯。

▽

妲望着移出船坞的太空船，直到它成为一个黑点，然后消失。迪尼洛宽厚的手掌搭上妲抖动的肩膀。

“没有多余的时间了。”站在一侧的田宫探看着腕表。

就在此刻，米高正把自己的脖子套进绳索中。他踢开椅子，在一幅基尔星农业分布图的前面扭动挣扎，粪水滴落在黑白方格的地砖上。

田宫匆匆赶到广场前校阅七百多名的志愿敢死队，其中包括了狱中释出的四百多名第三党党徒，他们的任务是在基尔磁场外截击新帝国的先头部队。他们打着赤膊站在单人拦截机的左前方，田宫每经过一人，就在他们结实的胸膛上重重捶下一拳。

“我知道你们带种。”独立基尔临时军政府的大元帅田宫雄立广场中央，“带种的人绝对不甘成为稞田里的肥料！”

▽

如果不离开一颗星球，就无法看见它的全貌。

权力之梦，世代传承永无醒时。

来世的权力，色泽幻丽却遥不可及。

现实的权力，阴影巨大而本质脆弱。

卢卡斯在船上注视着缩小的基尔星，他一生的奋斗结果也似乎随同基尔一齐越缩越小。卢卡斯不再是总督了，他却有个奇异的念头，自己不就是基尔的第四颗卫星？他正脱离基尔引力的束缚，也脱离了生命的根源。他突然在光幕上看到锡利加的面庞朦胧地出现。

“宇宙的节奏……”

“希望……”

“爱……”

“永恒的星球生命……”

锡利加的声音温柔地回荡在缥缈的宇宙间。

卢卡斯回到卧房，他想起临行前，妲给他的那包东西。打开纸包，卢卡斯感到无限的疲惫，纸包里的项链掉落地上，项链坠子中的侧像在灯光下闪闪生辉。

奥玛篇　巨像族
新大陆
时间龙

巨像族

在充满音乐的天空，
彩虹的昆虫演唱永不停歇的歌；
被黑暗吓坏的陨石，
沉沉撞进一道干涸的河床。
谁也不愿丧失自己的星座，
但是无法拥有才能检验拥有的祸福；
愈短促的弦弹奏出愈高亢的音域，
愈迷蒙的街景衬托出愈清晰的痛苦。
记忆的蝶翅已经被风摧残，
污垢的钱币含在苦涩的口中，
金属的甜味融混着发酵的唾液，
无法抗辩的同时，
流亡者遗失了他的身世，
五线谱上的符号独缺爱的鼓声。

▽

奥玛星，它璀璨的夜空浮泛着蓝中透绿的光泽，而且比地球的天空令人感到更为旷远。

云层的深处常常涌现一道道绵长的闪光，在滚涌的大气中，像是不断游走的断虹；如果自太空望回奥玛星的大气层，就会发现无数鲜丽七彩的虫体，以亿万计，环流在星球的圆周上。

这种叫作“伊莲”的动物，生活在四万到五万公尺的高空云层，它们的躯体长达三百公尺以上，全身以将近一百个瘤节组织起来，每个瘤节都在两侧平伸出一对退化的滑翔肉翅。它们只有在夜间才能被地面的人类窥见，因为白昼时它们身上发出的闪光被奥玛的太阳光所盖过，到了夜晚那神异的躯壳才幽幽映现在惨绿的天幕。

伊莲虫在天空中不断旋转，它们仰赖四万公尺以上的高空气体维生，死亡了以后，就默默地飘流，被奥玛太阳中独有的 K 辐射线慢慢蒸发；也因为伊莲虫吸收了大量对生物有害的 K 辐射线，才使得奥玛的地表能提供生命存在的场所。

当流亡的卢卡斯乘坐星舰穿越奥玛星大气层的时候，

就在景观窗前目睹了伊莲虫的真面目，那真是令人惊骇的视觉经验。

伊莲虫通体光洁，仿佛是一个个庞硕的圆灯笼连接而成。当单数的节瘤收缩的时候，双数的节瘤就猛然膨胀起来；当双数的节瘤收缩的时候，单数的节瘤又相应地膨胀。它的头部如同被放大数百万倍的蚕首，这是它全身唯一不放射出光芒的器官。

伊莲虫在天空中移动的姿态，就好比是乐谱中的高音部记号：𝄞。它反复地巡曳同样的轨迹，半透明的躯体的每一个节瘤，都在彼此擦撞的时刻散射出七彩琉璃般的电子束，同时也敲击出舒缓而沉厚的音响。

奥玛的天空飘扬着无数的音符。一旦两只伊莲虫撞击在一起，便形成扭绞的锁链，在一阵缠绕之后，又分成两股朝向各自的方向飘移，这时，奇妙的音籁在天空瑰丽地回荡，璀璨的光焰流宕在令人心盲的交会刹那。

三十年前，当星舰通过奥玛星的大气层时，卢卡斯沉醉在伊莲虫所绘画的神秘夜空，即使是带上了旅客专用的滤光镜，那收缩又舒张、盘旋流窜的虫体、曳空的光影还是夺人心志。

▽

奥玛的天空是超现实主义大师米罗的画布。

伊莲虫的神话是奥玛原住民的想象力结晶，自从第一批地球移民来到的时候就已经出现，据说那些虚空中飘浮的长虫，是宇宙间所有抑郁而死的音乐家精灵。一般的定期星舰在穿越奥玛碧绿色的大气层时，客舱中的播音都会以轻柔的女声娓娓叙述那些虚幻却又优美的奥玛创世神话。

▽

伊莲虫进行生殖的时间恰好每隔奥玛星公转一周，这时同体生殖的虫蜷曲成环状，全身充斥着红色的闪电；每一只伊莲虫都可以产下数十枚透明的卵。成虫和卵的比重都比空气轻，它们在五万公尺的高空间，没有思想，没有欲望，它们只是静静飘浮。

自各星系航向中立奥玛的流亡者，一旦在大气层中看见了伊莲虫，通常都在莫名的情绪下无端相信了那些无稽之谈的地域性神话，因为他们的际遇，他们开始了解生命的真谛可以是一无所有，一无所有也就是拥有一切，无知就是最终的幸福。

从来没有任何人类豢养过伊莲虫，除非他买下整座星球的天空。只要在一万公尺以下的高度，三百公尺长的伊莲虫就会被压挤成一颗胶囊大小，如果它们飘逸到大气层外，就会爆炸成裂帛。伊莲虫只是寂寞地活在它们的虚空中，无忧无惧，甚至连死亡也恐吓不了它们，因为生死齐一，物我相忘，它们永远没有意识，没有政府；一只伊莲虫就是一亿只伊莲虫，一亿只伊莲虫也只是一只伊莲虫，个体的生命融入整体的生命，整体的生命又融入奥玛的大自然；它们没有听觉，所以听不见自己发出的曼妙音响，它们也没有视觉，所以看不见自己辐射的缤纷色彩，它们活着而没有知觉、没有痛觉、没有味觉，也没有触觉。所以伊莲虫的历史从来不曾建立，它们也从来不曾灭亡，它们只是其他生物幻想中的神话，介于生命与矿物之间的一种次生命体。也许，它们是锡利加生存的另一种形态。

伊莲虫在奥玛的大气层间建立了一个没有个体意识的“气体文明”，也许那才是古代地球人追寻的涅槃境界。

三十年前，当卢卡斯穿越奥玛大气层时，熟悉的歌声萦纡脑海：

昆虫们飘流在静静的天空
金属的碎片流离在永恒的轨道
失落的爱人装入紫色的棺木
像一根苇草在黑暗的尽头航行

三十年后，那段刻骨铭心的视觉经验，以及百感交集、几乎使他人格崩溃的心情，使得奥玛大气层中的神异经历，成为他个人对于“崇高”一词的唯一诠释。

三十年间，仅次于伊莲虫世界的体验，是他多次处身于洲际超高速地下隧道中的冥想，再敏感的人处身其中也丝毫感受不到速度的变化。

车厢的模样像是环节虫中空的腹部，一环环的穹顶连接密闭式的两侧金属壁，为了防止刺眼，四处的合金都喷髹上一层雾光漆剂，像是昆虫复眼一般的小型探照灯罗列在穹顶的中央线，映照出锐角三角形的空间。

超高速地铁自星都力王市沿着星球圆周贯通到奥玛星的另一半球表，全程只需要地球时间九十五分钟。

终站自由市，恰好位居自力王市贯穿奥玛星地心的另一个轴端上。

地铁隧道在地下1公里深度穿越不同结构的岩层和伏流，并以悬架式管道通过2万公里宽的路西海，是进行了125地球纪元、损失了400多万名猎龙星奴工才完成的巨大工程，自力王市中心地下1公里处通到自由市边界的多巴哥车站，共35625公里，恰好是奥玛星球圆周的一半长度。

超高速地铁以每小时2.25万公里的速度连接奥玛星东西两块大陆，在目前人类可知的可住居星球中，这条以奥玛星古史英雄人物命名的“色色加越洋地铁”在总长度上名列第五，在大气层内运输速度则仅次于新丽姬亚帝国的环星公路，而路西海2万公里的悬架隧道则为宇宙第一长的越洋隧道。

光是这些数据就令人涌起一种庄严的感觉。

卢卡斯第一次乘坐色色加越洋地铁的时候，只有阿部一个人随行，那时忠诚的阿部仍然年轻，谨慎多智谋，懂得在任何状况中理财，而且恭顺沉默，扁平的脸庞上没有一丝皱纹。

“各位旅客，我们即将进入路西海悬架隧道，在我们进入旧大陆地层之前，将有67分又30秒的时间通过路西海域……”亲切的女声用高昂而兴奋的语调介绍着超高速地铁的行程，但是在密闭而没有窗景的车厢中，这种抽象的亲切反而显得虚幻不真。

“也许这列车根本就没有开动咧！”任何一个首度乘坐奥玛号特快车的乘客都会不自觉地产生这种狐疑，卢卡斯的第一次也绝不例外，忠心耿耿的阿部完全可以信赖，但不是一个有趣的聊天对象，卢卡斯感到自己好像是一个人坐在候诊室外的长椅上。

超高速地铁列车奥玛号特快车采用 107 号合金焊制而成。长达 35625 公里的隧道，全部抽除空气，形成完全真空状态，使得空气阻力达到零的效果。

列车悬浮在隧道中央高速前进。它的 30 节车厢底部装置了两排平行的液氦超导体，以抗磁效应疾驰；或者说“飞行”于“绝对值级塑钢”环构而成的隧道外壳之中。

没有电阻的导体称为超导体，早在 20 世纪就被地球人类采用在工业用途上。许多金属化合物在不同的温度下都可以形成超导体，超导体可以大量节省能源消耗量，并且具备“完全抗磁性”，对于外加磁场具有绝对的排斥性。

“色色加越洋地铁”的轨道由 3500 多万单位的 29 号

合金环连接而成，列车底部的超导线圈通电后产生强力磁场，在 29 号合金环中感应方向相反的感应磁场，形成抗磁效应，便能在轨道上空悬浮起来。在真空管道中既无空气阻力，也无轨道摩擦阻力，使得列车运行毫无阻滞，在高动能的驱使下达成每小时 2.25 万公里的超高速度。

列车底部的液氦超导体，包裹在 -270.97 摄氏度的低温液氦中，-270.97 摄氏度的液氦又称为超流体，黏滞度只有水的十亿分之一，可以通过直径只有头发七十分之一的毛细管。任何一个毫无缺漏的杯子，看似没有间隙，实际上却有细微的孔穴网络，只有具备超流性的液氦可以穿越那些细孔。

在光洁的敞口杯中，注入液氦，一部分液氦会一滴滴自敞口杯身中渗漏出来；另一部分液氦则在容器内壁扩展成只有几十个原子厚度的薄膜，自杯底倒溢出杯口。所以在超流体的奇异特质中，如何制作无滴露性物质以便成功地包裹液氦超导体，成为整个地铁工程的成败关键。

车厢内女播音员总是以高昂而兴奋的语调报导着高速地铁的种种构造：“各位旅客，‘绝对值’塑钢就是解决问题的钥匙。小至包裹液氦、防止液氦渗漏的超导体包装，大至整个隔绝海洋腐蚀性的隧道外壁，在一百七十五年前，当时负责捷运[1]部研究发展科工作的包定博士终于研发出防杜一切酸碱腐蚀和低温气体渗漏的‘绝对值塑钢’，使得整个工程得以在一百六十二年前顺利展开……”

在奥玛星仍然采用以地球纪元为准的星际通用纪元，虽然它的一昼夜是两个半地球日。亲切的女声以稳定的速率喋喋不休，使得九十五分钟的沉闷旅程几乎延展成九十五个小时。

“我必须见到克里斯多娃。”三十年前的卢卡斯有些焦躁，“我们到奥玛已经一个月了，我不只是要她的政治庇护而已。”他一面低声说，一面侧头望着阿部，阿部显得有些迷惘，不知该怎么回答。

“你还在想安娜？”卢卡斯问到阿部的伤心处，坚忍的男人只以摇头代替回答。

“能够信任的，除了沙德以外，只剩下你一个人。”卢卡斯掏出他的皮质烟盒，里头只剩下一支烟，他盯着烟纸上的三环标志，霎时热泪盈眶；拥有这种标志的纸烟只剩

1　即城市铁路。

下这么一支，而且再也没有人制作了。

沉默的阿部突然浮露出难得一见的微笑，宁静地说：“头儿，我来设法。”

▽

三十年后，设备逐渐老旧的“色色加越洋地铁”如同往昔穿越了路西海悬架隧道，通过奥玛星旧大陆的地层，抵达自由市边界的多巴哥车站。

九十五分钟，从星球的黑夜通向星球的白昼。

各怀鬼胎的商贾、骗子、杀手、浪人、娼妇、男优、间谍和阴谋家混杂在旅客中，徐徐进入自动步道。每当人群自地底月台的升降机向地面浮升之后，无数的故事即将展开序幕。多巴哥车站外一公里远的一座大农庄附近，一个头发灰白与苍黄相间的中年男子安详地站立山坡上，瞭望着远方。在无数故事中，他显然拥有极不平凡的一个。

白昼的时候，大气层顶那些已经被他司空见惯的亿万只伊莲虫隐没在奔涌的云气后，碧绿色的天空散逸着奥玛太阳郁绿色的绿外线。

一群群蓝色的奥玛蝶带着它们的铜锈味穿越赤艳艳的

红稞田。奥玛旧大陆的主要作物，一块块向平原倾斜的红稞，像流动的血一般，随着布满靛色微尘的大气而舞动着长达一公尺的累累穗实。

所有奥玛的作物都显现出巨大化的特征，在六十个小时的自转过程中，两年一获的红稞吸吮着星球的湿气和精气，那迟缓的成长过程，使得旧大陆的生活像是慢镜头中的世界，人更加渺小，被星球生命的本身所折服。

中年人静静地步行在奥玛红稞田间的埂道上。

夹紧着他的视野的是两侧高如乔木的“稞墙”，墙一般直矗矗站立着，一株挨着一株的红稞。

收获的季节已经快到了。

收获是哀伤的，他想。

一旦带着酸味的空气变得略带苦味的时候，收获的季节已经快到了。

中年人沿着埂道的斜坡，望向自由市区连绵的色色加式建筑聚落。S 形的建筑外壁沿袭着旧大陆南方沙暴区的建筑传统，虽然这里并不存在旧大陆南方那种无时无刻不卷舞天地的紫沙岚。南方的色色加古文明和猎梦者色色加本人都只能成为奥玛星史中的遥远记忆，但是 S 形的垂直大波浪楼壁依旧被承袭下来，成为牢不可破的传统风格，就像是地球人种在臀部残存的尾椎以及罗密特星人在腹部遗留的两排退化的废足。

虹色缤纷、大小各异的大波浪形楼壁散布在自由市的棱线前，整座城市如同火山爆发之刻被冻结住的熔浆，灿烂地挺立在盆地的中央。

就像是他自己的生命，冻结而挺立，中年已经走到了尾端的男人，保持多年来的习性，静静地冥思人生和事业的下一个决定。

绿色的阳光，温和地照射在他红润的脸庞上，一种贞定的力量回荡在眉宇之间。

很多年前，他的雕像曾经矗立在另一个星球丰沃的土地上。

二十八岁的时候他就已经步上权力的高峰，成为一个殖民邦星球的执政者，即使时隔三十八年，他仍然记得在《基尔颂》的伴奏下，自己首度傲岸站立阅兵台上检阅机动武装部队的饱满感觉。

三十八年以后，他的左臂依旧有力，空手握紧的时候，也如同抓住一个星球，能够把星星上的海洋挤落成一道泻落的飞瀑。

他仍然记得是谁在三十年前出卖了他、夺去了他所建立的一切。他记得自己如何在流亡之刻，在机舱的窗口望着缩小中的基尔星，记得他在那一刻感受的剧烈颤抖。

他轻轻哼起一支熟悉的曲调，锡利加的《安魂》。

灵气充沛的锡利加，他是卢卡斯一生中唯一愿意承认的信仰。

伟大的音乐家，锡利加教的创教者和第一代教主。当他在基尔星总督府对面的首都广场演奏的时候，每次都集聚了二三十万激动的群众，他的音乐传送念力的节奏，使得数十万群众在不知不觉中融化成一个完整而巨大的意识体。

卢卡斯苦思了三十几年，他总不明白锡利加为什么不愿意将他的力量用在对抗新丽姬亚帝国，竟然坐视自己以及他的宗教的败亡。他仍然鲜明地记忆着锡利加慈祥的音容……

“让我们用善意识的集体力量，用沉思得到的信仰来消除争夺的贪欲和仇恨吧，宁愿追求循环的永生而坦然牺牲。”锡利加高张双臂，面对着完全寂静的天空，无数激动的信徒们顿时安谧如一望无际的黑石平原。

“永生就是一种无悔的牺牲，在大宇宙中，星球和星球之间错综复杂的引力产生了冥冥中的神妙秩序，战争和暴乱杀害的不只是人类，而是星球的生命。”

锡利加的声音绵长而洪亮，音传数里而不减威慑，那种绝对的悲悯和温柔所藏的威慑。

他的眼神总是充满了对生灵的怜惜，以及令人心痛的情感：“追求真信的人，必须具备抛掷肉体的信念，追求真爱的人，将会在废墟中重生，只要星球的大生命被保存下来……我们必须向自己痛誓，将此世微渺的生命，化入黑暗和光明交叠的大秘仪中……”

演奏台上，音乐就是至高至圣的大秘仪。

他祥和的身躯直立在围成半圆形的乐器组中，就连他随意地摆动着肩膀，也会逸散出折射的光彩和贯入群众的奥妙节拍，他的感情化为庞大的磁场，左手的五指按下磁波琴的圆键，右手五指握紧权杖敲击着编磬和锡锣。

看似舒缓、柔美的体姿，其实是以极快的步伐移走在五十几件乐器之间；锡利加的白衣发出猎猎的风声，他闪现在不同的乐器之前。一回身，他已自一面五基尔尺的九号铙钹之前，转到七个顺序罗列的定音鼓后方，当铙钹的余音一层层扩散而出的同时，壮盛的鼓声一波波在刚烈的金属震荡间如山峰破土而出；再度回身，他手上已经换上晶琴的长锤，一连串珍珠跌撞水晶的音响，清脆地弹跃在广场的上空……

锡利加，音乐的圣者，心灵的原点的定位者，他抓住每一个应该适时迸射而出的音符，有时是奔涌天空的大海，有时是坠入星球内部的水银洪流，有时是蹿出极地的惊雹，有时是如雷滚落的圆木，他就是音乐世界的原点。

音乐和心灵的原点。

宇宙生灭的原点。

人类的原点。

光的原点。

“希望……”锡利加的音乐说。

“爱……”锡利加的音乐说。

锡利加的音乐是一种穿凿万有的语言。

在语言没有出现之前的语言。

他的呼吸和宇宙生息的脉动调节为一，广场上群众数十万个胸腔，冥冥中统一为同一座巨大的共鸣箱。

这时，整颗基尔星的大气层外都会泛溢一层淡紫色的光晕，集体的能量通向了星球的身世，整颗星球的“气”被激荡出异常的能量。

葫芦形的演奏台周围映现了变幻的光像，七彩的波纹以大起落的几何变形，时疾时缓地包裹住宽阔的广场。

整个台座在燃烧的氛围向幽暗的天空缓缓升起，音乐家的身形逐渐升高。锡利加本身即使只是一个精神世界的集体催眠师，但是他的形象永远是宇宙间理想主义者最高级的典范。

闭上了眼睛的群众，也可以隔着发烫的眼皮，看见锡利加奥秘的白袍不断地增长，直到超越了广场周围一切的建筑。

▽

锡利加殿，三十年前锡利加血溅横尸的所在，三十年后仍然矗立在基尔首府近郊的广大草原中央，只是它现在已经不再是一个宗教圣地，而是新丽姬亚帝国驻基尔星司令部的前线情报局总部。

那座奇特的教廷，曾经凝聚了全基尔群众的希望和爱。六块巨型金刚乌石和月晶石穹顶锻接而成的龟壳式建筑，就像是一颗凌厉闪烁的巨眼，永不疲惫地随着星球的自转而环顾着三百六十度的宇宙现场。

锡利加说：“我的宫殿就是我观想时的瞳孔。”

三十年前，当卢卡斯和人民党领袖姐·塔特儿等人奔赴锡利加“观想的瞳孔”时，悲剧的结局已经无法挽救。

疾速趋近锡利加殿的途中，在微型高解度光幕上，锡利加悬浮在黑色的背景中，那是“亮的黑”叠现在“暗的黑”之上的黑色渐层色系组合而成的景观，金刚乌石闪亮的黑色和深夜沉郁的黑色截然划分为二。

“我听到他在召唤我！”望着前方的黑暗，姐说。

卢卡斯和基尔邦的反对党领袖姐·塔特儿、军事首脑田宫分乘三部单人载具，脱离停顿在殿外的轻装甲司令车，鱼贯进入雄伟的盘门。象征着锡利加教圣谛——大光明体——的紫色活体金属在正殿前的供养座上迎接他们。

大光明体柔软的触角毫无拘束，时刻活跃，膨胀又内敛，滑移的光棘沿着不断变化的背脊一排排炯然流动，周围摆设着锡利加最钟爱的乐器。

“他在召唤我！”姐喃喃自语。

浮载具上的反线性加速器轰轰的噪音唐突地打破正殿的空旷寂寥，暴乱后留下的褐色血斑仍然残留在每一个角落。两个刺客攻击锡利加后，一个纵队的暴徒接着进行对追随者的屠杀……卢卡斯几乎可以听到当时伤亡者凄厉嘶号的回声。

连绵涂绘着缤纷壁画的大回廊诉说着基尔星的历史，鬼斧神工的门拱以及一道道精雕细砌、百兽攀附的梁柱……锡利加殿中的甬道设计，不就像是锡利加的音乐？那么多年来，卢卡斯不知来到锡利加殿多少次，他从来没有发现锡利加殿的建筑空间竟和锡利加的音乐之间，拥有神异的精神呼应。

整个锡利加殿就是《安魂》的具象乐谱，整颗基尔星就是《幻海》的旋律化身。

卢卡斯永志不忘的一日，他在巨大瞳孔的内部目睹了巨灵的陨落。三十年前的那一幕依旧历历可见。弥留状态的教主锡利加，他的左手紧握惯用的钨质权杖，双眼凝视着那覆盖整个殿顶的金色月晶石；劫后余生的“追随者们”一重重地围住教主，他们白色的衣衫组构出一整环哀悼的白色花圈。卢卡斯永远不会忘记重见锡利加时的巨大苦痛。

插进人群、冲到锡利加身旁的妲·塔特儿抱起锡利加沾满血污又源源渗出闪烁汗粒的脸庞，拥入自己的怀里。几撮长发缠贴在圣者右半边的面颊上。

锡利加的颈部咻咻作响。一颗致命的子弹从他的后颈射入，斜斜贯穿了他的咽喉，微微痉挛的躯干上布满七八个拳头大小的血坑，染成赤赭色的长袍黏附肌肤，隐约的肉色透出逐渐转黑的血渍。

锡利加的眼眶深陷，双唇也丧失那丰腴温润的色泽，但是他的瞳孔却闪烁着一种曼妙无比的神采，即使已经凝缩成一个微渺得近乎消逝的光点，像一座行星基地闪烁的核动力正灿灿地发动，即将消逝在视线可及的宇宙无限延伸面上。

教主头颅靠上妲·塔特儿蜷曲的膝头，他的右手握住她颤抖的左手掌心，女人感受到那只行将僵硬、冰冷无比的手掌突然涌现一股暖流，直接流贯在她的意识中心。

妲后来告诉卢卡斯，她发现锡利加深陷的眼眶中竟然隐藏着一整座圣殿般的奇妙建筑结构，上升螺线的交错回路在涣散、扩张的瞳孔中不断旋转，仿佛驱动着另一个壮阔无际的宇宙。

“我永远与宇宙同在。”锡利加的心说。

教主的念波直接联结妲的心智：“我永远与宇宙共存，只是暂时休眠，抛弃掉我的肉身罢了。”

“留下来，我们需要你。”妲的心说。

“不要悲伤，”教主的心说，“我因为暂时的沮丧而必须放弃这个躯体，因为放弃这个躯体而回复到一种圆满的状态。我将会回来，但是在回来见你之前，必须把一桩神圣的秘密交付给你……”

妲从来不曾把那桩秘密告诉卢卡斯。

▽

卢卡斯也不曾忘记 2671 年 11 月 2 日发生的事情，那是新丽姬亚帝国接收基尔星的前一日。

似乎整颗基尔星都抛弃了他。

他的爱妻荻姬死于 G79 事件，锡利加死于反锡利加的恐怖分子之手，地球联邦政府则抛弃了他和他的星球。

卢卡斯永远无法忘怀：那一天，一些无主的柴基达农奴将新丽姬亚帝国元首暗大帝的肖像高高挂上茅舍前的铁杆，他们对于政治从来没有意见，不过，他们已经准备好迎接新的主子。

那些矮小、愚騃、行动迟滞的异种农奴，早上还在《基尔颂》的伴奏下向地球移民竖立的基尔邦三环旗帜肃立致敬；明天旗杆顶端换上新丽姬亚帝国的郁蓝色七角星旗帜，他们仍然会抱持着同样肤浅的虔诚和永不匮乏的自卑，咧开丑怪的多毛口器，笑眯眯地仰望祈祷。

就连妲·塔特儿也拒绝和卢卡斯一起流亡。

那一天，站在船坞上，卢卡斯最后一次对妲提出恳求："你真的舍得，不跟我到奥玛去？"

妲没有回答，也许她回答了，但是卢卡斯再也不记得三十年前她究竟是说了什么、还是什么都没说。他只记得在妲·塔特儿的眼中发现炽烈的火焰，令人联想到锡利加的火葬典礼，在熊熊的燃烧中升起一道巨大的光爆……

是的，在锡利加的火葬典礼上，卢卡斯现场目击，将近三千名忠于教规的追随者，在锡利加殿外搭建起一座将近五十公尺立方的鲜花礼坛，《安魂》的歌声和火焰燃烧木材的爆裂音响，交织成一块足以覆盖星球的黑纱。那时，冲天的烈焰和染血般的黄昏叠错在同一个令人无法瞠视的空间中，锡利加渺小的躯体在瞬间卷入千万火舌贪婪的舔舐下。然后，卢卡斯他亲眼见到……

他亲眼见到将近三千名追随者一个接着一个，一个接着一个走入火场之中，密密麻麻踏入了火海的黑影仍然坚定地走入更深邃的烈焰炼狱中，直到他们僵硬、干涸、萎缩的身体倒下为止。近三千名追随者一步一步地踏进他们身为追随者的意志……

最后，在离开基尔星的前夕，心神黯淡的卢卡斯看到妲·塔特儿的意志，她决定留下。

也许，决定离开和决定留下同样坚强，也同样懦弱。

三十年后，在奥玛，在一片无意触动过去的红稞田上，卢卡斯不自觉地哼起锡利加《安魂》的曲调。他开始怀疑一些不确定的事物，不知道自己什么时候将会跨入真正不可回避的老年，也许另一夜经过以后，他就会突然变得老迈无比，整个生命累积的重量会瞬间压垮下来，像是锡利加火葬礼坛的崩溃。

就像是锡利加火葬礼坛的崩溃。

不，那不是一种崩溃，而是一种升华。

火焰是愤怒的，没错，火焰总是愤怒的；但是在锡利加五十立方公尺的幻美礼坛上，升起的火焰却充满圣洁的温柔。圣洁，温柔，甚至带着奇异的诱惑。三千人的躯体融化在炽烈的燃烧中，卢卡斯看到的不仅仅是遮蔽了天空的、怪兽般的浓烟，他看到的是……

他看到的是无可名状的一种欲望，他突然领悟了。

浓烟向黄昏的天际扑升，分散成数以百计的巨龙，在赤色的背景前扭舞翻滚。

人在现场，卢卡斯没有汗，他的千百颗汗珠还没挣脱出毛孔就被高热蒸散，他闭起眼睛，眼睛仍然刺痛烘热，他静静转身，浓烟的速度却比他的步伐快得多，睁开眼睛，缓缓前进，前方的天空已经密布流窜的黑云。

他突然领悟了，锡利加永远不会死，锡利加将会不断地壮大。

卢卡斯知道了锡利加的奥秘，就在火焰卷没礼坛的一刹那，他得到了奇奥的昭示。在一刹那间，他听到了锡利加的声音，但是他几乎在同时遗忘了一切。

这是多么诡异的回顾，他唯一的记忆，竟然是他曾经顿悟过，他甚至无法知道究竟是什么感动昭示了自己。

但是那奇奥的昭示进入了他的潜意识之中，三十年来，他的一举一动、一言一行也许正默默地受到锡利加的影响，只是他无法自己解除催眠的密码，催眠师已死，谁又知道他何日复活。

卢卡斯继续行走在埂道的斜坡上。如同他的意志力，他的大腿肌肉可能比三十岁的时候还来得强劲，但是他始终没有戒烟。

望着远方连绵的色色加式建筑，卢卡斯点起一支为他个人定制的纸烟，黑色的烟纸上用金质烫印着他的姓名缩写，但是已经去掉了象征基尔星的三环标志，替代三环标志的是一个等边六角形图案，一个神圣无双、晶亮无匹的造型。

“稞墙”在他的两侧轻轻摇动，像是火焰般遮住了左右两侧的视野。

▽

地球纪元 2499 年，一个来自地球的疯狂探险家，叫作基尔。史匹贝尔的上校，他流着哥伦布的血液，运气又比麦哲伦更好，仅仅带了一中队的补给舰和七艘轻型驱逐舰，就瓦解了旧丽姬亚帝国在柴基达星长达千年的统治，这颗柴基达星也改名为基尔。

地球纪元 2671 年，新丽姬亚帝国在横扫 M77 银河之后进驻了基尔星。在基尔星第二十八至二十九任民选总督卢卡斯仓皇地逃到中立的独立星奥玛之后，田宫圭吾元帅领导的反抗军在首都保卫战的第四日全线崩溃，地球移民一百七十二年的统治殖民于焉正式结束。

卢卡斯和基尔・史匹贝尔的两座铜像，被新丽姬亚帝国的前锋部队用重装甲车推翻在堆满反抗军尸首的首都广场上。两座铜像轰轰撞裂了广场上的黑色石板，卢卡斯的脸庞扭曲变形地嵌入混凝土和破碎的石材中。

三千万名地球移民后裔，有六百万人在航向地球以后成为联邦的严重负担，另外六百万人在途中的 G79 地区全部遇难。留在基尔星上的地球人遭受了恐怖的屠杀，镇压反抗军成为新丽姬亚帝国进行灭种政策的最佳借口。

唯一不变的是二十亿人口的柴基达人，他们已经拥有一千多年的被殖民经验，他们的基因中已经被种植了农奴的天性；事实上，他们已经“进化”为有机体的耕耘机。

一辆辆像座小市镇般大小的“自走钢堡”压过地球移民的聚落。柴基达农奴拥有动物的预知能力，他们早已逃出武装部队行进的路线，大多数农奴仍然在郁绿色的稞田里默默工作，偶尔用那多毛而短小的手掌搔抓低扁的额头，然后继续推犁前进。

一栋栋建筑在“自走钢堡”前端巨大的棘刺前溃散，粉尘和散扬的建材像浪潮般被“自走钢堡”的两舷排开。奔逃的人类，他们身后的道路一段段被巨大的阴影吞没，不久，他们也像吸尘器前的灰烬一般被源源吸入钢堡和大地的夹缝中，化为砂粒大小的粉末。

这颗星球被重新命名为柴基达星。

暗大帝并没有在首都广场竖立起一座自己的雕像，站立在大地上的雕像总有一日会被敌人推倒，就像史匹贝尔和卢卡斯的雕像，都被拖吊到农具工厂的合金炉中。

当毫无抵抗能力的地球人后裔被屠杀了半数以后，剩下的人口又因为饥荒和瘟疫而灭绝了三分之二，他们的尸首被他们过去的奴仆柴基达人晾晒在稞梗编织的棚架上，成为蛋白质的来源。

剩余的三百多万地球人后裔，在他们还没有变成柴基达农奴的食物以前，被集体遣送到柴基达星的三颗月亮之一——金色月亮大甘姆之上。

柴基达星天空中最大最耀眼的一颗月亮。

大甘姆是由金色钵金属晶体组构的一颗月亮，那金光闪闪的月晶石，抗压系数是精钢的二十九点七七倍。大甘姆是超大型的宝石，暗大帝决定在这颗大宝石上留下永恒的纪录。

▽

三百多万地球人后裔，他们曾经是基尔星公民，曾经各自拥有数以千百计的农奴，但是当他们被遣送到大甘姆之上，他们所看到的那颗行星已不再是他们的家园。现在，那颗灰紫色的行星不叫作基尔，而叫作柴基达，他们也不再是基尔公民，而是大甘姆卫星上注定短命的终身奴工。

他们戴上简陋而随时会发生致命性故障的氧气头盔，用粗糙的手提式光纤集束工作机，按照新丽姬亚工程师的指示，除了每天四个小时的睡眠和一日中唯一的一餐稞饼，毫无间断，不分男女老幼，包括背弃阿部的安娜和她青梅竹马的表弟，他们的残生都在开凿着大甘姆坚硬无比的表面。

一旦有人死亡，就被剥得精赤，扔进垃圾搅拌机里，随着排泄物和毁败的工具一起搅拌成丸状的圆球，一颗颗射入无垠的宇宙。

三百多万地球人后裔，他们丝毫不明白为什么要凿开一道道深浅不一，有时大如峡谷，有时浅如河床的各种坑道。

数十万吨的碎晶石，一船船载回了柴基达星，被铺设在首都广场上，广场铺满了，就铺设在城市的主道上。

在大甘姆月亮上日益减少数量的人类，他们逐渐可以在转动的柴基达星上辨认出首都的位置，铺满了月晶石的城市像是一枚金色的纽扣，安置在灰紫焦渗的行星表面。

而在柴基达星上的二十五万新丽姬亚帝国驻军，和日益繁殖增加的二十几亿柴基达农奴，却在每一个晚上，看见金色的大甘姆月亮上，逐渐出现一个占满了月表的轮廓，一个一天比一天更显得清晰的脸相。

暗大帝让自己的脸相出现在大甘姆月亮上。

三百多万人类变成了盲目的工蚁，没有一个人知道，他们用生命换来的代价，是毁弃者永恒的面容。

在星际历史上，新丽姬亚帝国以惊人恐怖的速度建立起超度科技文明，但是直到暗大帝的脸庞占据了大甘姆的月表之后，他们的工艺能力才被视为地球纪元二十七、八世纪之交的宇宙巅峰。

一切都经过精密的计算。

在大甘姆环绕柴基达星运转一周的六十日中，暗大帝的表情不断地变异，从月缺时的侧影到月圆时的正面，就连满月的三日中，暗大帝微笑的角度也在悄悄地变化。

这个活生生的脸相，每夜都监视着这颗属于新帝国的行星，暗大帝成为二十几亿农奴崇拜的最高信仰，他的喜怒哀乐，决定了二十几亿农奴的喜怒哀乐。

只要大甘姆继续环绕着柴基达星转动，暗大帝就永远监视着他的属地。

三百多万人类的灰烬，被抛掷到宇宙黑暗的最深处，他们一个个至死仍然低声吟唱着锡利加的《安魂》，期待着不可知的来世。就连最后一个地球人后裔的无神论者也不例外。

然而，真的有来世吗？

▽

卢卡斯继续漫步，走到红稞田的尽头，底下是一片接近八十五度的乱石坡，在落差七百多公尺的下方，又是一片连绵不绝的红稞田。

他想到了妲·塔特儿。

妲·塔特儿还活着吗？那是不可能的。他希望妲·塔特儿和田宫一起死在围城的战役中，他不能忍受他们的生命终结在地狱般的大甘姆上。

妲·塔特儿说："我要和田宫元帅并肩作战。"

妲·塔特儿的瞳睛中盘转着火焰的涡轮。

卢卡斯在她的瞳睛中看到了真正的她。

真正的她。

妲·塔特儿说："你，可爱。"

不，妲·塔特儿说："我要和田宫元帅并肩作战。"

妲·塔特儿选择了基尔。

妲·塔特儿不愿告诉卢卡斯到底锡利加托付她的秘密是什么。

难道留下来战斗就是答案？

不，她隐藏了重要的昭示，这是对于卢卡斯的惩罚。

2671 年 11 月 2 日那一天，卢卡斯发现他自己错了，他一直以为和他在“爱气”充溢的卧室中拥抱、和他一起在反重力装置上方翻腾取闹的那个妲才是真正的妲，真正女人的妲。

但是卢卡斯发现妲·塔特儿的真面目在这一刻才坦露出来，她舍得卢卡斯，却舍不得那颗星球，她终究是那颗星球最大反对党的领袖，她选择了无法逃脱的选民那一边。而且卢卡斯知道，妲在最后一刻翻身成为最大政党的党魁，虽然那只是一朵马上就会凋萎的昙花，那朵来不及开满就会凋萎的昙花却战胜了男人的肉体和情爱。

在卢卡斯转身进入船舱之前，妲跑过来，在玻璃门合拢前的瞬时递了一包东西给卢卡斯。

那包东西，卢卡斯避开了阿部，在舱内以微颤的手指打开，一条项链滑坠在塑钢地面上，坠子上镂刻着卢卡斯自己的侧像。

▽

火的色泽在眼前旋舞召唤，卢卡斯的意识和肉体都回到青春的时光。

站在红稞田的尽头，他有一种悬浮的感觉，闭起眼睛，妲的形象穿越了几十年的光阴，赤裸的躯体自遥远的光点向他黑暗中的知觉缓缓靠近。

妲的躯体柔软地贴上卢卡斯仰卧的躯体。

睁开眼睛，妲的双目占据了他全部的视线，那对瞳孔温柔地扩张，仿佛一对不知名的深海动物膨胀着它们黑黝黝的圆形腔肠。汗珠自妲的脸庞一颗颗渗出，滴落在卢卡斯的额头。

她的鼻息规律地抚触他的面颊，她的双唇含着他的舌尖，轻巧地将他的舌头吸入滑润的口腔。

妲总是吸吮他的舌头，而荻姬总是用舌头侵略他的口腔。卢卡斯不愿意拿妲和唐荻姬比较，他知道感情用事的结果，而且他知道自己正不断陷入一片让他逐渐下沉的流沙。

▽

妲的躯体是流沙，有生命的流沙，包裹着他的心跳和脉搏，一层又一层地掩上他的胸、他的颈，无数细琐的颗粒汇聚成沙的触角，盘绕在他青春的发丝间，漫入他微微张开的口腔。

卢卡斯想到画家米开朗基罗在圣彼得大殿穹顶上的壁画。随着数百年前梵蒂冈城的毁灭，那幅画只留下翻摄的影像，但是神与亚当互相伸出的手指，那即将接触的瞬间，却永远烙印在卢卡斯的脑海中。

他在童年的历史教材中看到了那幅壁画。“那是曾经在地球风行达两千年的天主教壁画，亚当和他的神接触前的刹那，被艺术家生动地表现出来，”记忆中已经失去了脸孔的老师摇动着她的长发，“象征着神和人类的第一类接触。这是一个破碎的梦，二十世纪末的魔震之后，罗马公教和希腊正教解体，而散布世界的新教集团也……”

一个破碎的梦。卢卡斯从来不觉得那幅画是神与人的接触，相反地，他感到米开朗基罗的意图，是要处理亚当和他的神分离的过程，亚当低垂的左手食指，和上帝箕张的手掌，彼此之间正不断拉开距离。数百年前魔震发生的时候，教堂的穹顶或许就在亚当和神的指缝间裂开。

当妲骑跨到他的胯部之上，那幅壁画的情境莫名其妙地浮现在他的意识之中……

很多年后，卢卡斯才明白，如果亚当影射着自己，那么弃他而去的神就是唐光荣，他一生中最痛恨的男人。

妲开始扭动腰部的时候，神和亚当的残像都消散了，卢卡斯浸淫在螺旋状盘升的感官刺激中，妲痴醉的眼神凝聚成两道迷蒙的笔触，在男人仰视的目光前，轻巧的鼻翅随着腰杆扭舞的节奏而轻轻颤动，她灵动的舌尖煽惑地伸出微敞的双唇，红色和红色在唾液的亮度中交叠。

桃色的乳晕随着急徐交织的喘息、随着双乳的盘动而盘动着。妲是蛇，贪婪地盘缠他的意志，她全身的毛孔都在呼唤着他的名字。

卢卡斯听见了回声，听见了妲的生命撞入自己体内的回声。他也听见了另一个回声，那是他的欲望，像破碎的水晶散裂在女人湿热的体内。

妲是妲，真正的妲，褪去一切伪饰，她是醉人仪式里赤裸地为无名神祇舞蹈的巫女。

她的骨盆隔着闷热的肌肤研磨着卢卡斯的躯体，直到他也忍受不住，在齿缝迸出兽一般的声音，一种原始的、在语言还没有出现以前就存在的声音。

男人全身的肌腱已经被钉入一支巨大而烫热的钢柱下，紧紧绷住了千万根盘缠的神经，他的肉身犹如被解析成一根根的电脑绘图线条，交错的方格和棱线不断地往中心流动。

爱你，姐，我爱你。

卢卡斯在自己失去控制以前，伸出手臂拨开床头的开关。咻咻的声音，反重力装置瞬间启动，卢卡斯的脊背一挺，两人即刻缠抱着浮上半空，床沿的细孔中源源喷出带着淡淡肉桂味的“爱气”。

十道血淋淋的抓痕在卢卡斯的背部平行划开。

原谅我的粗暴，喔，我的粗暴。姐说。

我爱你。背部渗出一排排血珠的男人说。

爱气充满在室内。

爱你，姐，我爱你。旋舞空中的卢卡斯喘息着。

一道道抓痕从男人的肩头滑下手臂。

半空中的华尔兹。很短很短的沉寂。

在很短很短的沉寂中，无声的华尔兹舞曲像看不见的泼墨般倾泻在姐的长发上。

男人粗拙的指头深深陷入姐洁白而坚韧的臀部。

空茫。一个简单的休止符。两人喉管间吞咽彼此口水的闷响。

妲的嘶号爆发出来，她的躯干剧烈扭动，双腿狼狈夹住卢卡斯的腰，他们如巨大的车轮滚动在虚空中，一条条哔剥的紫色静电丝带散逸在轮周上。

长叹连绵。卢卡斯也不曾后悔过；那时，统治一颗星球的执政党总督和反对党领袖在那颗星球上一个不为人知的角落疯狂地做爱，一种寓言化的黑色幽默，一种残酷而血腥的甜蜜。

“你，可爱。”妲·塔特儿说。

是的，那么简单的一句话，那甜腻的声音，直到今天，站在红稞田尽头的卢卡斯仍然可以清晰地听到。

卢卡斯的皮靴踩踏在乱石坡倾斜的边缘，一块碎石咕噜滚下接近八十五度的斜面，很快丧失了踪迹。

我真的可爱吗？三十年后的卢卡斯感到无以名状的怅痛。

现在，他可以远远眺望到多巴哥车站独树一格地矗立在一公里外的平原上，那是一座改良型的色色加式建筑，把塔的形态和传统S形建筑外壁结合为一，因此，这座车站在众多的S形虹色建筑中像一支高髻一般骄傲地伸向碧绿色的天空，用荧光绿色壁砖嵌满的波浪塔身仿佛一只求救的手臂。在顶尖矗立的则是一尊猎梦者色色加的金属雕塑。猎梦者色色加左手臂擎举猎梦网，右手蜷握四指、竖直大拇指，费力地往天空的方向挺直。

猎梦者色色加的雕塑采取了一个非常勉强的姿势，他必须踮起自己的右脚后跟，用前脚掌接触着绿色的合金塔顶，他的披肩也以不自然的方向垂挂左边，遮蔽了猎梦网的大部分，而擎住网头的左手青筋浮露，紧张地微微屈起。

猎梦者色色加怪异的姿势，因为结合了头部的设计而显得更为荒诞。色色加的躯体雄壮威武，但是他却拥有一张稚气的童颜，秀媚如同女孩的圆浑轮廓，偏着头，两只眼睛眯成一对细长的横线，带着甜腻笑容的面颊丝毫也没有经过风霜，平滑得像是封在玻璃屋里的肤质，一颗金属熔铸的泪珠突兀地停顿在左边嘴角的酒窝上方。

猎梦者色色加的齐膝战袍上头雕饰着伊莲虫盘绕的图腾，那块著名的、裂了一尺长的胸胄衬托出他宽厚的胸膛。这尊荧光绿色金属的雕塑人物，很明显地是在决定色色加霸业的“沙暴区会战”后的色色加，甲胄上刻意凸出的裂痕是战争经过的证据。

这是二百七十一个奥玛年之前的近古史，其实折合地球年也不过是六百多年前的故事，那时整个奥玛星的地球移民人口多半集中在旧大陆南方的梦兽洲，长期和梦兽族作战，互相摧毁聚落，直到猎梦者色色加终于发现抵御梦兽族的秘诀，地球移民才获得生存空间；但是一直得等到他发现如何把地球人的十七个移民区统一起来的秘诀之后，他消灭梦兽族文明的诺言才得以充分付诸实现。

在奥玛星出现文明以后的漫长岁月中，色色加个人的历史以及那些被灭种的梦兽族一直是卢卡斯的最大兴趣。

猎梦者色色加消灭了旧大陆的梦兽族之后，猎捕梦兽族的秘诀便失传了，所有关于梦兽族的资料全部被销毁，任何人都不准提起有关梦兽族的事情，否则就会被送入焚化炉里头。在“沙暴区会战”之后不到二十个奥玛年，全奥玛的地球移民都忘记了梦兽族的面貌，除了“猎梦者色色加领导我们消灭了梦兽族”这样简单而抽象的记载之外，整个梦兽族的文化和历史已经成为一个没有内容的空洞梦境。

但是卢卡斯知道答案，至少他相信他已经接近了那个答案。

卢卡斯望着猎梦者色色加的雕塑，他相信色色加本人就是一只梦兽，所以他才会知道如何消灭事实上已经濒临灭亡的梦兽族。事实上，有一部分梦兽族混进人类之中，一代一代默默繁衍，他就认识其中的一个，自称是胡迪尼二十五世的一个职业魔术师。

任何历史都是由一层一层的黑暗堆积而成的，就像是他在基尔星的岁月，就像锡利加生命中那不可探知的巨大奥秘。

卢卡斯吐出一串滚涌的烟雾。

眼前站立在塔顶上的色色加仍然维持着那奇异的姿态，那令人感到毛发森竖的孩童脸庞正对卢卡斯发出会心的微笑。只有卢卡斯知道，色色加脸庞上那颗直距长达一公尺的泪珠，比起上个月来又往酒涡的方向下挪了几公分[1]。

那尊在红稞田边缘看起来如同站立在卢卡斯面前的雕塑，实际上高达三百二十五公尺，它站在七百公尺高的塔顶上，每次见到卢卡斯都露出不同的神情。这件事情成为秘密，那些卑微的人类从来没有发现的秘密。

1　厘米，长度单位。

不论是幻化的梦兽、蓝皮肤的新丽姬亚人种或是人类，卢卡斯知道他自己和史匹贝尔、猎梦者色色加、暗大帝这些家伙根本是超越了遗传障碍的一种共同生命形态，不论基因结构如何差异，他们都属于一种叫作“巨像族”的生物，他们在生存的时候就已经开始规划用无机物来复制一个巨大无用的空洞躯壳，这就是卢卡斯和那些伟大生物的共同点。只不过，卢卡斯在生命没有结束时就曾经看见自己生存的目的被不同的敌人血淋淋地摧毁。也因此，他继续活下去，选择流亡，寻找新的身份，直到有朝一日能够再度看见一尊自己的雕塑重新矗立在某一颗星球的文明核心。

卢卡斯的悲哀，阿部不懂，长谷川不懂，唐光荣不懂，唐光荣的女儿——他的妻子唐荻姬也不懂。除了锡利加之外，只有沙德懂得一半，而妲·塔特儿知道卢卡斯的一切。

也只有妲·塔特儿才拥有那么奇特、变幻的脸庞。

卢卡斯记得他把自己的项链给了她那一天。

激烈的抽搐之后，他轻轻推开妲，她松懈下来的肢体慵懒地摊开，冉冉飘动的长发像是浸入了水底一般游散在半空中，她飘浮着，她的脸庞变换着表情，可以被呼吸的各种表情，她进入了一个奇特的意识空间，在那里，过去和未来绞链在一起，生人和死去的亡灵急速地穿梭在她盘绕成蛇身的生命轨迹上。

妲全身蒸散出来的苾芬气味弥漫空间，遮住了爱气的味道。青春的卢卡斯滑动着健硕的臂膀，拉下了重力装置，两人缓缓沉入柔软的海绵床垫。停止低吟的女人依旧陶醉在高潮和记忆碰撞的微醺中。

金发的壮年男子走进豪华的浴室，圆壁上嵌满上品的水晶瓷片。他站在旋转台上，让雾气蒸满全身。一片空白而近乎虚脱的感觉通常在放射精液后的蒸浴中涌出，但是那天他却想到了荻姬，自从数周前他发现荻姬留下了项链，就一直耿耿于怀。新婚之夜，卢卡斯把金质的项链挂在荻姬的颈上，她从未拿下这串项链。

卢卡斯走出浴室，妲正仔细地挽束发髻，他的眼神留滞在她的背影上，晃动的前臂使得粉红色的乳头隐现在侧身柔和的线条外。

那是只有妲才具备的背影。

荻姬绝对不能接受在无重力状态下做爱。

卢卡斯静静地走到妲的身后，她正轻轻哼唱着：

梼檀树全部枯萎的下午
太阳们都停止了呼吸
时间的链条穿过无数生命的梦
巨大的宇宙发出洪亮的叹息

昆虫们飘流在静静的天空
金属的碎片流离在永恒的轨道
失落的爱人装入紫色的棺木
像一根苇草在黑暗的尽头航行

无情的银河流贯温柔的视野
旋落的花瓣永远抵达不了的明天
在庞硕的铜像前听到内脏的惊悸
星球内部的化石都在幽幽蠕动

那是一首悲伤的歌，只有在唱这首歌的时候，妲·塔特儿才真正地失去一切表情，连瞳孔也不曾张缩。

“锡利加要死了。”妲抬头说，她的乳房在轻轻颤动，她的嘴唇也是……

当卢卡斯在燃烧的红稞田前望着猎梦者色色加的时候，却找回了他自己抛掷在太空的残梦。

那些黏稠的梦，不会碎，只是逐渐变形。

妲抬头说：“锡利加要死了。”卢卡斯心中重复映现妲那时无表情的表情。

一个女人只要拥有三样东西，就可以永远留住卢卡斯这种人的心：讨人喜欢的脸，派上用场时摇动得恰如其分的美丽而轻盈的臀部，还有令人震惊的智慧和灵感。

但是妲终究没有留住卢卡斯的躯体。

不，是妲自己离开了他，卢卡斯这么认为。地球纪元2671年11月2日，那个令卢卡斯刻骨铭心的日子，妲坚定地站在田宫身边，她的预言实现了，锡利加已死，然而卢卡斯踏入机舱的瞬间，他意识到妲没有说出的另一个预言。

当妲无表情地说出锡利加命运之刻，她也洞悉了自己和卢卡斯的命运。

卢卡斯想转头再看妲一眼，但是他告诉自己不要。

站在田宫身旁的妲剃去了一头瀑布般的长发。

那隐约现出淡青色头皮的脑勺，头顶微微扬起的发根，令临行的卢卡斯感到强烈的震撼。

喔，妲。卢卡斯紧握拳头，盯着色色加诡异的姿势。

第一次乘坐色色加越洋地铁从多巴哥车站通向奥玛新大陆，卢卡斯就想到那神奇的液氦超导体是一桩寓言，-270.97 摄氏度的液氦可以渗透任何瓷器，宇宙间唯一可以和液氦竞争，甚至比液氦的渗透力还强的，只有人类的记忆。

▽

人与人之间互相信任，也许只是互相背叛的前奏。

更残酷地说，信任是为了背叛而暂时存在。

卢卡斯常常这么想。有时候不彻底的背叛朋友和彻底的信任他人都只是殊途同归，导致自我的毁灭。

在青绿色的天幕外，当年对流亡者卢卡斯伸出援手的克里斯多娃，如今被囚禁在人工游星之中，她被剥夺了大统领的身份，她优渥的退职待遇是橡胶般的合成食物，以及寂寞空洞的金属隔舱。在星都力王市郊有一枚超高速分子解构曲射炮，那是分散在奥玛星上六具监视武器中的一具，任何一分一秒都将目标锁定在克里斯多娃起居的金属游星上。

剥夺她一切的，正是她置信不疑的副统领王抗。

克里斯多娃付托给王抗的，犹如卢卡斯之于阿部。

她是一个气质超凡、刚毅却没有棱角的奇女子，没有一个卢卡斯认识的女人能够媲美她那坚定的尊严以及电子回路般清晰、敏捷而且迅速准确的智慧，她超越了年龄和岁月的磨蚀，生命中拥有一股永不止息的冷焰，就连妲·塔特儿也无法与她竞争。

她维持的不只是近半世纪的个人集权体制，她的伟大在于她维持了奥玛的尊严如同她维持自己的尊严。

睿智英明如克里斯多娃，她的强人政治因为错误的信任而崩坏。就连她自己也不敢相信会毁在一个“面首”的笑容前。

奥玛已经面临危机，奥玛的危机不在于克里斯多娃被王抗取代，而在于谁将及时取代王抗。

暗大帝是一个令人颤抖的答案，唐光荣是另一个比较不可能的可能。如果要维持奥玛易碎的繁荣和幸福，就得有人抢在两个超级强权前头。卢卡斯正在盘算着自己的几率。

▽

将纸烟金色的滤嘴弹下巍巍的陡坡，站在红稞田尽头眺望自由市和色色加雕塑的卢卡斯静静回身，踏上来时路。

他从天空上的克里斯多娃想到在 G79 地区粉身碎骨的唐荻姬。也许那才是她所能选择的最佳结局。荻姬的原罪不在于卢卡斯。

卢卡斯早已不感到内疚，他告诉自己，荻姬选择了自己的归宿，真正的元凶是唐光荣，那个只要价格合理，连灵魂都可以重复出售的商贾。唐光荣无论坐上哪个位子，他仍然只是一个商贾。

唯一忘不了的是荻姬的哭泣，他们最后一次做爱的时候，荻姬哭泣着，年轻的卢卡斯停止了动作，蛮横地把自己的躯体摔倒在哭泣的女人身边。

他不复记得荻姬的脸。每当想起荻姬，首先浮现的反而是唐光荣那张隐藏着无数秘密和阴谋的脸庞。

2671 年 8 月，卢卡斯从发生事变的 G79 地区直航地球，连续通过了太阳系三道防护磁屏障，他仓促抵达民主市。在内政联席会议大厦的执行长办公室中，见到了那时还没有正式取代长谷川地位的唐光荣。

唐光荣的眼里充满晶莹的泪光，他的声音出奇地温柔："是你杀了她。"

"是你杀了她。"这句盘旋在卢卡斯脑海多年的话，逐渐变成了卢卡斯自己的声音；卢卡斯自己的声音，对着唐光荣瘦弱的背影说：

"是你杀了她。"

最大的错误是荻姬坚持着对卢卡斯的爱情，当她意识到自己和卢卡斯做爱，而卢卡斯只是和他自己的幻想和事业做爱时，她发现自己被父亲的地位所埋葬，唯一能够进行的报复，以一种温柔的方式进行的报复，是让卢卡斯知道他身下压住的躯体，是唐光荣的化身而不是唐荻姬。

荻姬一开始就没有了脸，当她意识到卢卡斯把她当作夺取唐氏企业权势的筹码时，她就已经失去了她的脸。

卢卡斯知道荻姬一切的秘密。他一点也不感到内疚。

当一个女人在男人的记忆中失去了脸孔，只留下哭声，那么男人无论做了什么，或者什么也不做，都不会感到内疚。

沉闷的啜泣。岔了气的呻吟。荻姬的哭声，保持着一种倔强的自矜。

唐光荣的笑容在荻姬的脸上浮现，老人温柔地告诉卢卡斯一串粗暴的内容：“你搞我的女儿，就是搞我；现在我是你老爹，既然你搞我就好好搞，否则就轮到我搞你。”

唐光荣搞垮了卢卡斯在基尔星的基业，唐光荣毫不在乎，像这样的一颗农业星，还比不上唐家在民主市某一条街的地皮值钱……

卢卡斯侧头看着荻姬模糊的形象，她裸露圆浑翘拔的乳房，随着啜泣而抖动的暗褐色的乳晕像是弹孔，白腻的肌肤下升降着曲线优雅的肋骨。她无助地摊开冰冷的四肢，双目僵滞，注视天花板上倒映的自己。

她比卢卡斯大七岁，但是娇嫩的肉体看起来比卢卡斯还小七岁。卢卡斯看着她纤巧横卧的侧影，轻轻伸手掏出黑色的手帕，抹去自己额头上涔涔的冷汗。

然后，卢卡斯的视觉回到现实，在烈火般的红稞田上，前方出现一个矮瘦的人物，那是阿部信一的身影。

阿部信一急步走到卢卡斯面前。在基尔星时期，这个日本人后裔就担任卢卡斯的财政总长，到了奥玛星之后，阿部仍然维持着他过去在卢卡斯麾下的地位，掌握着新事业的收支权柄。

“头儿，”态度恭顺的阿部在这三十几年来私底下一直维持着“头儿”这个已经褪色的草莽称呼，“一切都准备好了。”

▽

卢卡斯的赤旗座车混杂在七部同型制的黑轿车中，从山坡的弯道间缓缓开下，今天他的座车序列第五，其余七部车中都端坐着一个卢卡斯的替身。

在基尔星的时期，他表面上是一个政治家，实际上是一个梦想家。在奥玛星的岁月，化名为沙库尔以后，他的身份变得更为复杂了：奥玛排名第六的资本家，创造党党魁，前国会副议长，锡利加教总执法，以及因为政争而请长假的奥玛副统领。

他用数十年的生命学到太多的教训，他唯一比得过唐光荣的只有意志力，唐光荣对付他的残酷手段反而带给他永不屈挠的意志力，而锡利加遗留给他的则是维持这股意志力的方法。

在宽敞的车厢空间，恭谨的阿部信一坐在对面，为卢卡斯手中的高脚水晶杯斟了三分之一杯的白兰地。

卢卡斯举杯，冰凉的液体散发出醇美而熟悉的气味，他凝视了琥珀色的杯面一会儿，等待掌心烘热酒液，浅尝一口才悠悠地说：

“阿部，你看沙德会不会背叛我？”

“沙德可以放心。”阿部回答。

阿部答话时，卢卡斯浏览着车窗外的山景。

“那么你自己呢？”

阿部眯起凤眼，他一时没有反应过来。

“开玩笑的。”卢卡斯把视线移回阿部颧骨突露的扁平脸庞上，“只是开玩笑，你不必当真。”

“事实可以证明一切，”阿部低沉的声音冷静而自然，“这么多年来我做什么都没有离开过你的视线。”

卢卡斯浅酌一口：“你会不会不平？”

阿部的眼睛又眯成了两道细缝：“你是说你给沙德的

位子还是你现在坐的位子？”

卢卡斯微笑，宁静地看着满头白发的阿部。

“沙德管政治事务，我管钱，这么多年来我自己知道自己的能力和分量，”阿部为自己斟了一杯酒，准确的三分之一杯，“手是不能取代脑的。”

“我一直把沙德当成副手，而把你当成兄弟。”卢卡斯杯中剩余的白兰地随着车身的震动而略微摇摆，“所以，我也常常设身处地，想着我是你，你是我。如果那样的话，你想我会不会背叛你？”卢卡斯再度举起酒杯。

阿部把自己的酒杯轻轻磕碰卢卡斯的，水晶和水晶撞击出玲珑的音阶，他一饮而尽，轻轻吐了一口气，以虔诚的眼神望着卢卡斯，停顿了一会儿才开口：

“如果我是你，你会背叛，而且会选择准确的时机背叛。”

“为什么你认为我会背叛你，如果我们换了座位以后？”卢卡斯也将手中的酒一饮而尽。

“因为你是卢卡斯。”阿部望着自己酒杯上的流光。

卢卡斯纹风不动。

“没有人可以挡得住你，卢卡斯。”只有在特殊的时机阿部才叫出卢卡斯的名字，“除了过去的唐光荣之外，没有人可以挡得住你。政变的时候，你选择的不是克里斯多娃，你选择了王抗。”

“你说出了实话。”卢卡斯眉宇凝重，“那是一个痛苦的决定，如果我只想安稳的日子，我会支持克里斯多娃，她比谁都有能力保护我和这颗星球的资本主义。”

阿部没有再说什么，情况比想象中来得糟，几十年来，卢卡斯从来不这样和他交谈；他微微低下头，聆听自己有些浊重的呼吸；他知道，有一些不该流渗出来的事物流渗出来了。

车队没有转向市区，到了平地后，每辆车的轮胎向内翻折，车身靠着抗重力装置平稳地往砂原的方向行驶。

“不过，”卢卡斯经过一番冥思后睁开眼睛，“阿部，你还是错了。如果我是阿部，我绝对不会背叛卢卡斯。”

▽

包括拥有奥玛旧贵族血统的萝拉三姊妹，卢卡斯享用过无数娇柔的女子，但是没有一个可以得到两个星期以上的恩宠，因为和卢卡斯一生关系最密切的三个女人都已经离他而去。

为他生下继承人马帝的唐荻姬死了，一块美丽的踏脚石粉碎在 G79 区域。她的墓碑种植在卢卡斯心中。

失去下落的妲·塔特儿如果没有和田宫元帅一起战死，也会在大甘姆的集中营丧失生命，带着锡利加给她的启示一起埋葬在死亡的基尔世界。

保护卢卡斯、创造他第二生命的克里斯多娃，因为政变前夕担任国会副议长的卢卡斯和王抗的结盟而被流放到阴冷的宇宙中。

卢卡斯必须这么做，因为任何强大的政敌都无法阻碍他再生的野心，除了他的保护者克里斯多娃。当他决定这么做的时刻，他也决定不再见到克里斯多娃；在失去妲·塔特儿之后，原本不再有任何事物可以感动卢卡斯，但是克里斯多娃迫使他觉得软弱、迟疑，迫使他不愿意看到她面对巨变时的神情。卢卡斯真的没有再见她，但是没有什么差别，克里斯多娃变成荒原的脸庞自动浮现在卢卡斯的意识中。

那是最后一次。

最后一次因为做出了可耻的决定而让卢卡斯相信自己

的可耻。

▽

卢卡斯的车队打出一系列灯光密码之后，停靠在砂原中的一栋观测所前，接应的武装人员即刻现身。

这是一栋废弃已久的观测所，三层楼高的低矮建筑呈现荒凉的感觉，暗灰色的圆盘形塔台经过沙岚长期的吹袭，原本晶亮的表面被磨蚀得凹凸不平。

已经有上百辆车子停放在陈旧的建筑前方。

即使只有一小段的路面，卢卡斯和阿部都在车内戴上了防尘面罩才踏出车门。走出车厢，即刻听到砂粒击打车身和建筑的声响，有点像是地球热带地区的雨季，那种暴雨轰炸森林的骚动。

阿部信一推开一扇失却动力的自动门，卢卡斯尾随在后。其余的随员举枪械卫戍在建筑周围。

里头仍然有人接应。卢卡斯和阿部被护送进入一架载货用的大型升降机；这架古老的升降机，必须发出一阵令人毛骨悚然的噪音才会缓缓下降，不一会儿又像是被树枝刺入脚底的大象一般，发出剧烈的嘶号和震动。卢卡斯摘下防尘面罩，凝视升降机铁栅外不断往上挪移的各种钢条、索缆和剥蚀的建筑内壁。

这座废弃的观测所，地表上只见三层，地表下却有三十层的容积。其实这栋隐埋的建筑是为了预防新丽姬亚突袭而设立的贮存站。

地上三层建筑有两项主要功能，一项是观测砂原风暴，另一项则是连接奥玛星上空的侦测卫星，提供新丽姬亚帝国军事动向的早期预警讯息和军情研判资料。现在地上建筑的仪器和设备早已搬迁一空，剩下的只是堆满砂粒的废弃空间。

▽

卢卡斯隔着铁栅注视废墟一般的升降机甬道。

“你没认真想我的问题。”问话的同时，卢卡斯的目光转向阿部。

阿部没有卸下他的防尘面罩，盔额的部位闪烁着一小排垂直罗列的白色灯号，表示厚重的面罩仍在执行迷你维生系统的功能。卢卡斯无法看穿面罩，也无从得知阿部的表情。

升降机轰隆震动了一下，暂时停顿下来，阿部在按钮盘面拍打了几次，升降机又开始运作，B2、B3……

“你不该怀疑我的。”阿部隔着面罩的声音充满压抑和郁闷的气息，“卢卡斯，这么多年来连沙德也不例外，人人称你沙库尔大人，只有我能够在私底下叫你的名字。”

“把你的面罩摘下来。”卢卡斯望了望升降机天花板上迷蒙的青色灯光。

阿部从命卸下厚重的防尘面罩，消瘦的脸庞在灯光下惨绿一片，在他凹陷的眼眶和平扁的鼻翅下方，黑色的阴影勾勒出奇特的纹路。

“除非有人诬陷？”阿部纯黑色的瞳孔凝缩成两个惊恐的黑点，“如果沙德没有留在力王市，他马上就可以为我做证。”

卢卡斯用右手扶靠斑锈的栅栏，刺痒的感觉窜入他的掌心；他用剩下的另一只手在利休灰色的上装口袋里掏出一条黑色丝绸手帕，轻拂身上沾满的砂尘。

“为什么你要逼迫我？你了解波哥，波哥的情报从来没有诬陷过任何人。”

卢卡斯有点像是喃喃自语。

B5、B6、B7……升降机继续嘎嘎下降，蓝色的楼层指示灯总在每一个数字码上停滞了半晌才不甘愿地跳到下一个数字码上。

阿部开始怀疑：这座升降机不是通向秘密的底层会议室，而是直愣愣地往地狱的方向陷落。

“你是指钱？那件军售案？”阿部的眼眶闪耀泪光，“头儿，我以为那是一笔小款子，只不过十几亿奥玛币而已。”

B9……卢卡斯的右手在栅栏上滑动了一下，一些锈屑在绿色的反光中飘零剥落。

“钱？”卢卡斯怔住了，但是他马上恢复了冷漠的表情，“你不说，我还不晓得这回事。”

阿部感到头皮发麻，睾丸急遽地往腹腔中收缩，连声带也不听使唤了，他的回答充满颤抖：

“你指的是……”

“嗯？”卢卡斯偏头等待阿部说话。

“如果你说的是萝拉，那绝对不算背叛你，”阿部有些不正常的亢奋起来，“你甩了她以后，我才拣了来。”

卢卡斯的嘴角涌现了鄙夷的微笑。

“真的！”阿部不自觉提高音量，“你和萝拉在一起的那两星期，我连正眼都没看过她。”

“萝拉的技巧好吗？”卢卡斯掏出他专用的特制纸烟。

“如果你还喜欢她，”从不抽烟的阿部拿出打火机，连扣了三响，微弱的火苗才蹿出纯金质的机身，“我立刻和她说清楚。”

卢卡斯把烟雾徐徐喷到阿部沮丧的脸庞上。

“你不会为了一个婊子而清除我吧？”阿部的泪水沿着面颊滚落下来。

“我根本不想知道你和萝拉怎么搅和。萝拉的事请你自理，与我无关，”卢卡斯的面颊抽搐着，“波哥告诉我的不是这个。”

阿部踉跄几步，整个人靠上污损的舱壁。

B12、B13……

“没有了，”阿部是个被责罚得丧失心神的孩子，“我没有其他的事情瞒着你！波哥只是一只怪物，会犯错的怪物。”

卢卡斯又喷出一口烟雾，一团挥舞青色爪牙的虚幻怪兽，凶猛扑向满头白发的阿部。

“你还来得及。”卢卡斯老神在在，瞥了数字键盘一眼。

“我派了人到星务院当卧底，”阿部打了一个哆嗦，他的声音虚弱得像个濒死的老人，“我不是故意不告诉你，我只是想利用反间手法弄清楚力王当局的弱点。”

“喔？”卢卡斯眉毛一扬，“原来你准备和王抗联手？星务院倒是绝佳的桥梁。”

阿部的眼珠差点脱眶而出，他极度后悔自己在卢卡斯的心理战术下说出不该说的话。

“星务院是主流系统的核心机关，总得有些明确而具体的情报，”阿部的胸部起伏猛烈，“同时我还必须确定大统领最近的动向。”

卢卡斯摇摇头：“我早已明了。这也不是我想要问你的。”

阿部觉得眼前一片昏黑，升降机就要接触到地狱炽热的表皮了。他吞咽口水，感到舌头肥大，不晓得自己为什么突然失常。

“我不晓得，”阿部说，“我不晓得……”

“为什么每个人都会忘记自己做了些什么？”卢卡斯把大半截烟身丢掷到阿部脚下。

“我爱你，卢卡斯。”阿部哽咽着，“我做的一切事情都是为了你。”

“这就是问题的所在。”卢卡斯拍落手掌上的尘埃，“可是你的所作所为却越来越不像是为了我。”

“我爱你，卢卡斯。”阿部的身躯缓缓下移，他的膝盖失去了感觉，他不知道卢卡斯还知道多少，还想套出什么样的话，他只知道卢卡斯会怎样对付背叛他的人。

B18、B19……

“时间不多了。”卢卡斯向前跨了两步，大大的两步，使得阿部必须仰着头才能窥视他主人的庞大阴影。

“我什么都没有！”阿部近乎嘶吼，“你为什么要这样伤害我！”

“阿部，如果你再不说实话，”卢卡斯的黑影没有表情，“我就不得不做出一些让自己难过的事情。”

“我会把大陆航空公司的股票交出来，”阿部声嘶力竭地说，“还有猎龙星的军售款。我承认，我侵吞了你一百多亿的股票！”

“喔？”卢卡斯转身背对阿部，背对他无助的哭泣。

“求求你，卢卡斯，”阿部哭喊着，“我不该贪心！”

B21……

“你刚才说的每一件事情我都不想知道，知道了我也愿意视而不见。”卢卡斯幽幽说，“我要问的是，你为什么要和唐光荣接头？”

卢卡斯转身，满脸哀凄，他终于看见阿部信一软弱无助的胯间渗出黑色的尿渍。

卢卡斯知道了最后的答案。

最后的答案总是令人感伤。

卢卡斯从利休灰色的上装内袋掏出一柄金质的手枪，一柄古老但是实用的典雅武器。

阿部的嘴唇颤抖着，他发出的声音却粗浊如泥沙，他的表情似乎是在理解自己命运之后突然无视一切的傲慢。

“卢卡斯，”阿部双臂支撑着身体站起来，背脊贴着舱壁滑动，使得他的挣扎显出滑稽的悲哀，“不管怎么说……这是我一个人的事情。”

卢卡斯抚摸着金质的枪管，他发现黄金是最高贵、最古老也最庸俗的贵金属，黄金代表着纯美的欲望，如今却令他联想到令人无法信任乃至鄙夷的友谊。

“你为什么没有想到后果？”在卢卡斯流宕着绿色灯光的脸庞上看不出任何情绪，“如果你想到你的儿子，想到你的女人们，为什么没有想到我。”

“安娜在他们的手上，”阿部说，“我没有办法，他们找到了安娜。”

“数十年没见了，”卢卡斯微笑，“你相信那个安娜是真的？你相信被留在基尔的女人可以活到今天？”

“如果是妲·塔特儿呢？”阿部哽咽着说，“你会、你会怎么做？”

“她已经选择了命运，”卢卡斯回答，“安娜也是。”

阿部沉沉咆哮了几声，他像是充满愤怒的一头狮子，而那些愤怒化成了棱角锐利的石头，在他的胸腔中随处割划、挤压，直到脏器都化成一团团的肉糜。

卢卡斯把金质手枪丢掷到阿部脚下。

枪身撞击升降机金属底部，清脆的声音回荡在垂直的隧道中。

“捡起来。”卢卡斯疾声说，“阿部，自己把枪捡起来！”

阿部看看卢卡斯，看看地上闪耀生辉的枪身。

B25、B26、B27……

“在我们到达底层之前，你还有机会。”卢卡斯的双瞳紧紧盯住阿部迟疑的表情。

阿部缓缓弯腰，抬头望了卢卡斯一眼，他的右手即将触碰到金质的枪身。

“捡起来，”卢卡斯大吼，“捡起来，你这个混蛋，你不是要救回安娜吗？你不是想用我的命去换取安娜的幻影吗？”

阿部紧紧握住枪柄，颤抖地指向卢卡斯。

“开保险！”卢卡斯用凌厉的眼神和口气命令阿部。

剧烈的喘息，阿部的右手食指按下了第一道扳机。

“开枪啊？”卢卡斯张开双臂，正对着阿部毫不掩饰地挺出微突的腹部，“你开枪啊？”

阿部全部的颜面肌肉扭结痉挛，眼白中充斥血丝，他发出低沉而恐怖的哭泣。他的双手几乎连一柄手枪也握不住。

阿部突然将手枪塞进自己的口腔中。

“咔嚓”一声，没有枪声，阿部也没有倒下去，他再度露出迷惘的神情。

“当”一声，升降机已经抵达地下三十楼底层。

两道钢门沙沙地相继升起，室内炽亮的光线将升降机的钢栅一道道投影在阿部迷惘的神情上。

卢卡斯转身，幽然面对缓缓拉开的栅门，他的眼睛一时也无法适应一片洁白的强光；但是，那傲慢的笑容依旧雕镂在他宽大的脸庞上。

开敞明亮的地下会议室展布在眼前，椭圆形会议桌上坐满了一百八十名穿着镶金领白色长袍的男女，多数是地球移民，其中也间杂着几个猎龙星人、包希亚星移民和奥玛土著蟹形人，会议桌前的壁面上镶嵌了巨大的金质正六边形徽章，徽章正下方的高背椅空着等待卢卡斯。

室内飘扬着锡利加的音乐《神兽考》，梦幻的神兽奔窜在绮丽的音符间。

侍者捧奉银盘上的绣金紫衣迎面走来，一个美丽的少女将那件外衣披上卢卡斯的肩头。现在，他是锡利加教的总执法沙库尔。所有端坐的一级追随者同时起立，在那些白袍下，包括了旧大陆军团总司令可必思、奥玛最伟大的声乐家巴巴提惹、包希亚星移民领袖布葛布痴、自由市长金田一克洋、星际笔会会长余意我、奥玛首富包承天……

卢卡斯沉着地走到他的座位前，环视着他的追随者，他不再相信任何人，他只要他们相信他背后的正六边形象征，一股泉源不绝、无与伦比的旷世权力。

新大陆

童年永远漫步在失去的故乡，
稚嫩的跫音敲响懵懂的午夜。

梦是一个显示力量的场所。
在梦的磁碟里，
历史跨越了无数世代，
进入不同的个体，
展示未来的悲剧。
深沉的睡眠，
流离的星体和机械残骸
在永远无法抵达的宇宙角落默默陨灭。
从扁平的瓷片内，
看到了流离的符号
在眼泪中折射；

听到了不可解读的呓语在耳室回荡。
终于戴上那副烤得通红的假面，
再也脱卸不下扭曲纠结的疤痕。

隐藏的岁月埋伏在喘息的石阶中，
问题是爬升的瞬间如何同时抓住滚落的事物。
遗失诗心遗失了梦的磁碟，
若虚若实的回音在楼身里沿着扶栏滑落，
静静蹲踞在阶梯间想象世界倾斜的角度；
楼顶的歌自太古以降世世代代向地心淌流，
抬起头颅瞻望不见光也沦丧层次的黑暗，
那跫音空洞地在新世纪里褪成片片腐叶。
记忆如同一枚准星鲜亮地穿透视野，
一阶阶朝天拔升搅碎了整片星空。

王抗一向是一个虚心的人，至少他在公众场合和电子媒体前看起来像是一个虚心的人，对于他的部长们如此，对于他大部分的拥护者而言也是如此。

其实，王抗决定要做的事情绝对没有人可以更改，但是他不到最后关头从不硬干，他不是诟天而呼的那种类型，从不为了一时口舌之快得罪了他的亲信和拥护者，因为他知道自己虽然贵为奥玛星大统领，却不是一个地位巩固的领导者。

三个奥玛年【按：折合地球纪元七年六个月】以前，终身制的奥玛星大统领克里斯多娃在执行四十余年“对外武装中立，对内开明专制”的“中道”政策后，因为精神分裂而被多种族议会驱除到小游星上。王抗和当年的国会副议长沙库尔密谋篡位多年，终于在克里斯多娃被政治阴谋构陷流放之后成为继任者，被旧势力嘲弄为“雏雀习飞”的大统领。

沙库尔，另一个引起奥玛星居民两极反应的政治鬼才，他从来不曾公布过自己四十岁以前的经历，但是锡利加教在奥玛星的发展却是沙库尔一手导演的重大事件。

除了信徒们之外，人人心知肚明。因为传说中的锡利加已经死亡却还没有复活，身为教会总执法的沙库尔凭借着他在商业方面呼风唤雨的能力而积极扩张他的宗教事业，他又凭借着宗教的影响力而以创造党的党魁身份登上政治舞台，成为国会副议长。在王抗的不流血政变中他以幕后企划者的功勋而成为奥玛星的副统领。

三个奥玛年的时光经过，非但不是什么新纪元的开展，反而使得奥玛星的高层政局分裂为三大集团，相互抗衡。大统领王抗和星务卿施施儿得到国会中两成的效忠力量，并且结合了中生代的政客和工会领袖，意图自成格局。拥护克里斯多娃并且暗中进行复辟计划的国会议长贾铁肩，虽然未曾公然侮辱大统领王抗，但是他磨砺以须、心怀不轨，联合了旧贵族、新兴资本家、中央档案局和首度卫戍团，并且掌握了国会中五分之二的席次，迫害锡利加教徒的行动在三个奥玛年间化暗为明，将沙库尔和他的党徒们逼迫到旧大陆。

至于沙库尔，他的辞呈仍然被一座镂刻奥玛星图案的纸镇压在大统领府办公室中那张红木桌上。将近两个奥玛年的时间，沙库尔无限制地休假，在旧大陆首府自由市附近的别墅遥控国会中三分之一的议员和新旧大陆上那些随时可以为理想献身的锡利加教徒。

在这种三分鼎立的状况下，王抗的日子表面静如止水，其实是在惊涛骇浪中度过，另外两个人也不见得好过。沙库尔如同被斩断了一臂，远离大陆首都力王市的权力中心，但是他的潜在势力仍然稳固不摇；而贾铁肩则彻底掌握住力王市的首都卫戍团，让奥玛大统领天天都呼吸着贾家班的废气。

但是贾统领不能轻易拨动王抗一根毫毛，如果贾铁肩拨动了王抗一根毫毛，那么小游星上的克里斯多娃断无生机，因为军方主流派一直是王抗忠诚的拥护者；而且一旦王抗被杀，旧大陆的沙库尔就有充分的理由策动被锡利加教充分渗透的旧大陆军团宣告独立，掀揭长期内战的序幕；如果加上新大陆上锡利加教分子的颠覆活动以及军方主流派的野心抬头，贾铁肩控制下的首都卫戍团随时都会面临四面开战、殆尽全灭的危机。

想修理贾铁肩的人可真不少，自王抗继位之后，已经出现了四十八次的暗杀行动。不过，层出不穷的“刺贾案”只有七件是未遂，而且清一色是由锡利加教徒以“个人行动”方式进行的政治暴行；至于其余四十一件，据说都是贾议长清除异己的冤案。

在这种奥妙的情势中，王抗相信远交近攻的方法是让自己突围而出的唯一良策，他决定亲身远赴旧大陆巡视，这意味着他决定要和神秘的沙库尔恢复当年的结盟；当然，表面上的理由只是希望安抚不安的锡利加教徒。

关于王抗东巡旧大陆的计划，谨慎而精明的星务卿施施儿这么说："大统领，您得慎重考虑此行。"

王抗温柔地微笑："是的，施施儿，我已经慎重地考虑过了；但是为了我们的友谊，你还得说出看法，说出你自己的看法。"

施施儿锁住眉头，脸色凝重："现在局势混乱，至少还可以在表面上保住大家的尊严，锡利加教的问题并不是那么迫切，您此行却等于向贾铁肩那个老贼正式宣告破裂。"

"贾铁肩有他一套想法，除了那些和伊莲虫一样华而不实的旧贵族们，全奥玛星只剩下他一个人和克里斯多娃'心电感应'。"王抗注视着坐在原木茶几上抚弄头发的施施儿，"我正在等待他，等待他在我面前动手。"

施施儿的眼皮在跳，一时想不到解除双方不安的有力说辞。

王抗用洁白的双臂把精赤的上身撑起来，粉红色的床罩下幽幽钻出一个金发齐肩的妙龄女郎。她瞄了施施儿一眼，毫无顾忌地让那对木瓜般的乳房剥离丝绸锦绣的被面，接着是光洁滑腻的背脊，以及皎如月星、宽阔细嫩的臀部。

她像一只小猫般翻越王抗的身躯，伸手在茶几上取烟。施施儿不但看到她大腿上缘那丛颠覆人心的耻毛，也看到了那对倒挂在肋骨上摇曳生姿的熟果，他不得不闭上双目，一股翔泳盘缠的体臭又窜入他的鼻腔。

那是混杂了女性诱人肌肤和敏感地带的神奇气息，经过性高潮之后那些溢出毛细孔的黏腻汗水和爱液在肌肤表面干燥，隔夜以后又因为闷裹在被单里的体温而微微蒸熏玄腾的栀茜气息。酸中带甜，又夹有微微的辣味和咸味，如同杂混了奥玛伏特加、小茴香酒、红茜粉和莱姆汁的“奥玛同志鸡尾酒”。

睁开眼睛，施施儿发现女郎已经翻回原来的位置，横展着白晰的躯体，宛转蛾眉，徐徐吐烟，而王抗则盯着自己的星务卿，施施儿不禁有些腼腆，其实他圆滚滚的面颊已经泛起淡淡的红晕。

王抗保持着温柔的微笑，虽然他拥有纠结的胸肌和紧绷的小腹，但是那张似乎永远不染烟尘的俊美脸庞，如果不是尊贵的衣饰，他在奥玛人眼中看起来丝毫不像是个星球主宰，他更像是一个偶像级的演员。

王抗知道，施施儿在这样的场合多少是有些压抑的。

王抗知道，齐肩金发的女郎勾动了施施儿的欲望，光是现场那副躯体已足以令一般的男性情不自禁、松开控制输精腺的肌腱了，何况是那种无睹一切的漫不经心，那种无视他人存在的自在，最足以令男人恨之爱之、销魂荡魄。

王抗更知道，施施儿真正无法忍受的是王抗本人。王抗天生魅惑众生，他是女性与男性交叠的神奇生物，绝对的男性和绝对的女性融合成王抗脸上的微笑，魅惑的微笑。

当年的大统领克里斯多娃之所以失败，之所以被放逐到小游星上，就是因为她舍不得杀王抗。舍不得，就是来不及舍得，结果就是舍得也来不及。

尽管王抗的政敌嘲笑他出身嬖佞，但当年的王抗的确是因为自己的头脑才登上副统领的位置的，他仍然因为自己的智慧而罢黜了克里斯多娃；到了今天他可以恬静安然躺在这张奢华的床上，这表示他自己不是靠脸蛋儿来统治他的世界。

他启用了施施儿，一个从来没有在法庭上输过的律师。这是王抗的过人之处，他知道施施儿能够做什么，又知道他在想什么，那就够了。

施施儿对于金发女性的迷乱心绪，那不过是一时欲摇意动，施施儿真正恋慕的是王抗，一个让男人和女人都无法舍得的偶像。施施儿自己成了王抗戏耍的禁脔而不自知，又或许他自知而心甘情愿?

只要王抗的政权能够维持下去，施施儿就会赤诚护守着王抗的尊严；一旦施施儿逾越了肉体的界限，那么也象征这个权力结构的主轴已经面临最后崩解的阶段。因此，施施儿在王抗身边空有满腹欲望，却只能扮演一匹没有生殖能力的骟马。

爱情，不论发生在男人与女人之间、男人与男人之间或者女人与女人之间，这表示两者原有的世界必将不复存在，两者原有的关系也会即刻崩坏。当部属和长官发生性爱关系，那么部属和长官之间的定义将会发生本质上的变化；当老师和学生冲破了伦理的界域之后，那时学生不再是学生，老师也不再是老师。

王抗的智慧，在于他不会让施施儿得手，他永远将施施儿当成自己麾下最重要的第一号人物，当成可以信任的亲密挚友；王抗可以毫不避讳地在施施儿面前和另一个男人、另一个女人或者一群奴仆共同嬉乐淫戏，他让施施儿嫉妒，他让施施儿信仰，他只是不让施施儿窃走他的灵魂。

也许，施施儿是这颗星球中最聪明的人种之一：一个双性人，一个同时拥有男女性器的欲魔，然而那有什么区别，只要他能够为他的主人控制大小场面。相对地，王抗所要做的，只是维护施施儿的地位这么一桩简单不过的事。

女郎钻回被窝里，丰满的身材隆起了丝绸的被面，她轻柔地在黑暗和湿闷的被窝中像顽皮的猫咪般窜动，温驯地舔舐她的主人。王抗呻吟一声，生理的亢奋使他更加清醒。

“我总是听你的，”王抗对施施儿说，“但是你可以试着听我一次。”

“贾铁肩是一回事，贾铁肩控制的首都卫戍团又是另一回事，”王抗的爱慕者施施儿忍住腹中翻搅的欲望，低抑着感情说，“卫戍团的团长贾敏这家伙，毕竟是贾铁肩的亲侄子，虽然我已经汇了五千万法币进贾敏的户头，但是五千万只能让贾敏迟疑一个小时。”

“那么，”王抗的身体出现微微的悸动，“我们再买他几天时间。”

“大统领，万一贾铁肩这个老贼接替了您的位置，”施施儿说，“那么贾敏可以直接拿到国库的空白本票，想签几张就签几张。”

王抗推开了被窝里的女郎，在床头柜上抓起一条浴巾，以优美的姿势围上腰际。

“我们总得负担一些风险；和谈买卖一样，没有风险就没有政治。”王抗跳下床铺，走到小吧台前倒酒。

施施儿凝视那令他神魂飘摇的躯体，沉默了半晌，才沉重地开口：“沙库尔值得信任吗？”

“我不信任。”王抗转身。

“那么……”施施儿睁大了眼睛。

“我信任你。”王抗拿出一包药丸，用酒服下，“你留在力王市，只要你在，我就有退路。”

“远虑随时都会转变成近忧，如果沙库尔挟持您，”施施儿说，“我怕的是这个，到时候贾铁肩可能趁机夺权，我能直接控制的武力只有大统领府的三百名卫士和星务院的一营法警，顶多加上警政总监直辖的三中队武警。贾敏的卫戍团在十二小时之内就可以全面接管力王市。”

“我不到旧大陆寻幽访古，他们等不及了一样会拿克里斯多娃当借口向我们动手，”王抗继续倒酒，蓝色的汁液汩汩自鹤颈瓶流淌到半透明的夜光杯中，“我被‘笼城’在这里已经很久了。施施儿，再不想点办法，不等贾铁肩干我，我就神经错乱了。”

“这次的十八名阁员中，我们让出了七席给贾铁肩的派系；”施施儿仍然试图说服王抗，“每年他都在国会议员身上投下足以建立一个 A 级城镇的巨款，这表示那个老贼仍然想以和平的方式夺权。”

“难说。”王抗摇摇头，“内政、国防、外交和财政四大部都不在贾铁肩手中，你以为那个野心家会因此满足吗？”

“先不说姓贾的老贼，沙库尔这个人，”施施儿正色说，“他就是基尔星的末代总督卢卡斯，当年就是他背叛了唐光荣起家。何况目前锡利加教的发展趋势，根本已经朝向武装暴动的方向发展。贾铁肩这个老贼虽然是我们的首要威胁，但他是我们所能清楚掌握的威胁，我的电脑可以量化分析他的任何动向。沙库尔却不，我和我的电脑一样不了解沙库尔。”

“你从来不做没把握的决定，”王抗抚摸自己长出短髭的下巴，“所以，我们不就得永远困守在力王市里。”

施施儿把眼光投向床上的女人，像是一具瓷像般静静横卧的女人，他没有再开口的欲望。

“何况，唐光荣愿意支持我。”王抗拿着遥控器走到卧室另一道墙壁前。按下按钮，占满整面墙的性爱浮雕缓缓分裂开来，透明的玻璃后是力王市的鸟瞰景。

“远水救不了近火，何况唐光荣永远是个商人；蛇兔联盟，后果不堪设想。”施施儿说出重话，他继续勉强自己开口，“您也必须注意，我们奥玛星的传统。”

“奥玛星的传统？你是说‘外交中立’？”王抗露出鄙夷的神色，“那是克里斯多娃那个时代的观念了。”

“不能把奥玛的外交政策和克里斯多娃的政权混为一谈，”施施儿说，“以奥玛目前的形势来说，和一百年前没有什么不同，作为一个经济转口中心，我们必须在两大之间的夹缝求生存，中立是独立的前提，也是繁荣的基础。

没有繁荣的经济我们就没有星际发言权。”

王抗木然望着力王市的景观。一对战斗直升机在远方巡弋，缓缓地穿越他的视域。

施施儿走到王抗的背后。

王抗那赤裸的背部光洁滑腻，紧绷的肌肤蒸散出一股男性的气味。

施施儿有股冲动，想要伸手触碰那魅惑的肌肤，但是他畏缩了，他在玻璃反映的影像中看见了王抗燃烧的眼神。

落地窗外有什么呢，郁蓝色大气笼罩下的庞硕城市，一波波S形的抗砂暴式建筑，如同凝固的浪，痴痴地冻结在萧瑟的氛围中。

奥玛是一个没有冬天的星球，这颗星球遗失的冬天移转在每个生命体内默默繁殖，漫长得过不完的秋日，失去了力量的力王市，毫无作为的大统领静静注视窗外。

施施儿的泪光，漶散在大统领的背上。

▽

王抗望出去，透过透明的屏障，他看到的是一片真实的波浪，汪洋浩瀚；或者说，他看到的是他想象中的真实波浪。

他想到童年的片段。一个十岁的孩子为了逃亡，坐在陈旧的浮轨车厢中，在无边际的黑夜望向一片漆黑的窗外。

睡着了又醒过来，坐在车厢里梦见自己坐在车厢中，梦和醒之间环环相套，却重复着同样的内容，仿佛那幽暗而滞闷的车厢，是一座永远无法挣脱的牢狱。

他紧紧握住胸前的项链坠子，那块紫色的廉价晶石穿凿了精巧的多巴哥图案。其实那是一个中空的盒子，里头只能容纳一小撮灰烬，那一小撮灰烬正是母亲的肉体。

当王抗寒冷的时候——事实上进入列车以后他总是感到寒冷，寒冷得整个意识都凝缩成一个有位置而无体积的黑点——他就握住那枚盛装着母亲骨灰的项链坠子。

似乎那一小撮骨灰永远保留住了烈火焚烧之刻的高热。红色的焰心尽管缓缓黯淡，在骨灰中仍然寄生着充满回忆的炯炯光华；似乎只要紧紧握住了它，童年不存在的幸福就会瞬间从中涌现了出来。

在阴冷的车厢中，十岁的王抗握住装置母亲骨灰的合金坠子，窗外是一层又一层急速流失又急速补充的黑夜。一个身材魁奇、浑身散逸着恶心恶臭的男人大剌剌地叉开双腿坐在他的身边，整个车厢中除了王抗之外唯一的乘客，他那件多米扎瓦式的翻毛外套沾满了灰尘和干涸的污渍。当巨大的男人沉沉睡着，他的意识进入另一个无法标识的世界，便将笨重的身躯不自觉地压上王抗瘦弱的肩膀。王抗用力挣扎，巨汉懵懂睁开眼睛，滴出唾液的嘴角朝向身旁的小孩童浮露友善的微笑，然后又沉沉睡去，抑郁的鼾声，为不可知的未来击打着拍子。

很多年以后，那列自奥玛新大陆南方往星都力王市缓缓行驶的浮轨车仍然出现在王抗铁锈色的梦里。

鸽羽灰色的车厢被那些寒碜的旅人当成公共画布，充斥着各种颜色的符号，有的用漆笔勾勒，有的用喷罐涂染，有的用口红抹画，椅背上，车窗上，舱壁上，到处都是一些令人难堪的脏字眼和不可理解的无意识的图案。

一排排不规整的涂鸦连接在车厢两侧，就连车顶也被无名艺术家画满了奇异的人面，一个衔接一个，图案化的人类脸孔连锁层叠，不同的肤色、不同的人种，他们在车厢顶部传递着奇妙的表情。每当王抗抬头凝视车顶的那些头像，就会感到一种莫名的视觉压力。一模一样的人头，浓厚的眉宇、强而有力的下颚、磐石般的唇角，以及面对死亡般的眼神。

舱内的涂鸦令他想到母亲传述的梦兽族传说。

那些神秘的梦兽族就生存在人群之中，虽然奥玛星政府在一个世纪以前便宣称梦兽族早已经是支灭绝的魔种，但是民间仍旧流传着梦兽族的志怪故事。他们能够幻化成各种形体，出入于各种环境，洞悉人类的思维，控制他人的意志。

最可怕的，也是被扭曲夸张得最离谱的部分，是所有的梦兽族都被视为贪求无餍的欲魔，他们可以任意变幻伪装，甚至成为恋人都无法区别的人形模样，因此，他们可以轻易地侵入人类的家庭中，取代他所杀害的人在家中的地位，进而占有了一切的幸福。

传说中的梦兽族是没有性别的，当他们寻找男性时将自己变化为女性，吸取珍贵精液；然后又变化为男性的肉体和女性尽情欢爱性交。他们无法制造精液，却能使用这种方式来制造后代；换言之，他们使用人类的受精卵来诞生自己的后代，他们给予后代的基因只是“会变化的意志”。

这些无稽之谈成为每个奥玛孩童所熟知的床边故事，似乎没有任何一个教育专家指出这些奥玛土产的民间传说对于幼童人格的成长是否总会造成不可挽救的永久伤害。梦兽族的故事常常使得孩子们连自己的父母都感到怀疑和惊惧。

但是，王抗自母亲口中听到的梦兽族故事，和新大陆北方所熟知的版本是大相径庭的。也许因为他的母亲是久居南方的地球移民后裔，也许因为他所知道的差异完全来自母亲源源不绝的想象力。

王抗知道的梦兽族则是一群悲哀的流浪者。他们一方面可以化身万物，同享众生内在的喜悦和挫折，另一方面又必须逃避仇恨他们的人类无所不用其极的追击捕猎。

他们为了默默地生存下去，世代相传告诫，不再张扬变身的本领，也不再凝结成群、形成独立的社区，他们进入人类的社会，静悄悄苟活下去。

每当王抗听到母亲的叙述时，幼小的心灵也出现了哀愁的感觉。当他还没学会“哀愁”这个词汇的时候，他就知道那种感觉，从母亲眼神中流溢、映现出来的那种感觉。

坐在那列冰冷的列车中，失去了母亲的王抗开始意识到更大的恐怖，那就是母亲为什么会充满对梦兽族的同情？这个怀疑开始只像是一滴匆匆滑落的雨水，只是一枚小小的逗号，但是却不断扩张着音量，直到响亮如大钟洪鸣。

王抗无法接受自己的母亲或者从来不曾见面的父亲是梦兽族，他无法容忍自己的一生成为被嫌恶、被践踏、被捕猎的对象。

在新大陆南方的海港城市中，王抗童年居住的贫民窟在旧港二十七号码头的正后方。三十公里直径的区域，是奥蓝多港面积最大的贫民窟，这片地区相对于称呼市中心精华的“红区”称呼，所有奥蓝多港市的人们都叫这一带为“绿区”。

绿区位居旧港发源地的核心区域，被奥玛原住民盘据的“黑区”、丽姬亚移民盘据的“蓝区”和南方贵族居住的“红区”包围了。居住在绿区的居民，多半是从基尔星和其他地球移民邦移民来的地球人后裔；不过，和清一色由丽姬亚人占据的蓝区不同，在绿区中地球后裔只占据百分之六十五的人口，其余的居民则包括了其他远渡光年距离而来的各种异星人。强悍的猎龙星人和包希亚星人横行在这个区域中，每天都会发生地球人帮会和异星帮会之间的街头战斗，为了“爱气”“波菲尔”【按：一种中枢神经麻醉剂，与“爱气”均列为奥玛星管制品】、“火鸟”【以百磅“波菲尔”才能提炼出一磅的珍品】以及地下钱庄的烂债而互相杀戮。

绿区没有警察，帮会就是警察。

当蓝黄交间的黄昏一层层降下黑暗的地平线，盲目的杀戮将会无端展开。伊莲虫在大气层中拉扯一道道闪逝的亮光，一群群由拼装车开道的帮会人士展开了他们的武装巡弋活动。

在整个绿区的每一个角落，终年可以听到爆炸和屋宇崩溃的震响，也没有任何具备普通嗅觉的人可以逃避得了南路西海无时无刻不飘来的浓郁腥味。

出没着时间龙的南路西海充满了普通而亲切的腥味，就像是踩踏进满地腐臭鱼尸的市场一般。事实还得严重百倍，那深紫色的海洋仿佛就是一具躯体巨大无边的海蜇，太古时代就饿死在陆地的周围，千万年来不断蒸散出腐败、死亡的不朽气味。

住在绿区的人们，个个都已经习惯于目睹死亡，呼吸南路西海那普通平凡至极的恐怖恶臭，并且泰然面对命运的轮盘。

王抗熟悉的故乡，完全不属于奥玛奇迹的一部分。这是任何外星域来的观光客都不被允许进入的绿区，进入了就再也不可能离开的绿区。

六岁的时候，他眼睁睁看着六个壮汉冲进他和母亲居住的阁楼，当着他的面毫无理由地轮暴了黑头发的母亲。

“去厨房。”当母亲被壮汉架上那张古老的奇本德尔长桌时，她仍然用镇定的语气指挥着王抗，“乖孩子，到厨房去。厨房有新鲜的乳酪！”

他没有动，一步也挪动不了，他遗忘了自己的哮喘声，睁大眼睛看着母亲被按在长桌上。她无法挣扎，根本没有希望，面对不可抵抗的暴力，令人一开始就放弃了挣扎；接着她放弃了指挥她的孩子躲避这种难堪的场面。无端的恶劫，从头至尾，母亲的黑发披散，眼睛睁大着，完全不曾闭上，连眨也不曾眨一下。

“黑头发的臭婊子”、“小淫妇”……王抗听到各种咒骂和喘息的声音，邪恶的呻吟，然后他听到他家唯一的一张桌子崩裂垮塌的声音。

他迷蒙的视觉一直凝注在大汉们为所欲为的丑态。

那种无助的经验不能以“痛苦”二字形容，任何凄苦的诗人也找不到适当的修辞。王抗记得他们每一人颜面的特征、呻吟的音调，那些丑陋的躯壳，如同魔鬼般的动作，深深地烙印在王抗的心灵中。当他沉默地在破裂的桌间扶起全身血污的母亲时，他仍然看见了母亲的微笑，一种自尊、一种不会屈折的生命力，在那个勉强的微笑间鼓荡而出。这是母亲浑厚的意志。

“没什么，孩子，我自己可以……”母亲的额角仍然汩汩地淌出蔷薇色的血液，她的双颊比日常肿起了两倍，“我可以自己起来。”她一再推开男孩，仿佛自己是一种疾病。

她捂住自己不断渗出体液和血污的下体，一片桌面的碎片割裂了她左肩后的一大片肌肉，一切看起来不仅仅是不好，而且是糟到了极点。然而她的反应只是一跛一跛地推开浴室那扇陈旧而腐蚀的门板，想将自己的裸身和哭泣禁闭起来。那已经是她竭尽全力的最快速度，在咫尺之间缓慢挪动脚步。

“我们还是可以捡一张更好的桌子回来。”母亲在浴室里哭诉哽咽，那断续的呜咽像是背负了百年的仇怨。

他们从此不再拥有桌子。那只是绿区中缤纷生活的一段小插曲。在那个令上等人唾弃、鄙视的贱民地带中，能够存活下去是一种艺术。听说，往往也只有在这种地方才能培育出不世出的人才。

在地球曾经流传着一种古老的原始仪式，巫女们将各种毒物置放在一起，让他们彼此杀戮、互相吞噬，最后能够残存下来的就是百毒之王的蛊。

绿区就像是置放各种毒物的残酷竞技场。在王抗懂事以前，绿区和红区之间的七条地下铁都被封闭起来，凡是没有奥城一等身份证的人都无法踏入红区一步，那是格杀勿论的罪行，镭射检证系统全天候监视着边界。

昂贵的奥城一等身份证是所有绿区人们梦寐以求的玩意儿，他们为了取得那张淡青色的瓷片，不惜卖身、干玩命的勾当，甚至出卖自己的父母和爱人。

但是王抗童年中最不可抹除的印象，倒不是互相出卖背叛的实例。除了受辱的母亲之外，就属绿区移民以及蓝区移民两者之间大型的区域斗争，其规模已近于灭种屠杀的惨况。

在绿区和蓝区之间已经有三条古街完全成为废墟。这三条大街曾经是整个奥蓝多港市发迹的源头，全部都是百年以上的古典豪邸；这些充满时代兴味的老街如今已经成为焦黑残破的废墟，唯一的功能是作为地球移民和丽姬亚移民之间的停火线。

有一次，也是唯一的一次，王抗亲身目睹了绿区对蓝区总攻击的残酷战斗场面。超过十万个手执轻武器和托肩式榴弹炮的地球人前仆后继地穿越那三道阴森无人的老街。

紫金色的闪光在废墟间穿梭，那是地球移民和丽姬亚移民互相攻击的炮火。

王抗和几个到交战区探险的小孩被困在一栋残破的大厦中。双方的攻击行动突如其来，原本鬼气森森的黑街立刻转为电光交迸的赤热战场。

王抗爬到大厦的最顶层。他一面喘气一面朝着空荡荡的回旋梯和同伴们大吼，自己尖锐的童音不断沿着黑暗的楼梯回旋，一道道回音从黑暗的深处弹射回来。

没有同伴跟上来，王抗的手电筒电力不足，淡黄色的圆形灯光在黑暗中吃力地游走，他推开一扇门，发现整个房间都停歇着翅翼颤动的奥玛蝶，一只只手掌大小的奥玛蝶合起翅翼，占据了室内所有的墙壁，甚至在天花板上也排满了倒吊着的蝶翅。

一刹那间，王抗被那些蛰伏的蝶群所震惊，整个空间被蓝色的金属光芒所笼罩，不断轻微抽搐的蝶翅在遽然安静下来的气氛中显出一股邪恶得令人毛骨悚然、不寒而栗的力量。一种无尽繁衍、不存在着个体意志的集体生命，没有反省，没有爱憎，没有下一秒钟的忧虑，它们活着，千万只、亿万兆只蝶活在这颗星球的每一个角落，然而，真正的奥玛蝶只有一只，那就是它们全部加总起来的一只集体生命。

有时候，一个人会突然了解自己以及所有人的命运；有时候，他因而放弃伤痛步向另一个巅峰；有时候，他因而崩溃真正的失去一切。但是对于童年的王抗而言，他没有什么好放弃，他所拥有的一切卑微也不足以令自己崩溃，他只是朦胧地感应到这颗星球的命运，一些奇异的启示突然潜入了他的基因之中。

在一刹那间，王抗看见了那个房间中无数蛰伏的奥玛蝶，在同一刹那间，那些蛰伏的蝶身突然惊起，一齐涌向破裂的窗口，涌向窗口外布满伊莲虫彩虹闪光的天空。

当一个房间中的奥玛蝶冲出了蛰伏的环境，整栋大厦高层中的奥玛蝶仿佛得到了默示，每个空房间里蛰伏的同类都源源不断地穿越龟裂的墙隙和破碎的窗口，黑街废墟的上空，即刻被绵密的蝶体遮蔽起来。

对于械斗的地球移民和丽姬亚移民而言，他们无暇顾及到头顶上发生的事情，何况是那些不值一顾、千翅一律的奥玛土产蝴蝶。

漫长的夜晚，在奥玛。在奥玛新大陆南方几条破败的街道上，失去了人格的人群们在失去了光明的废墟间互相屠杀。

经过漫长的努力，凭借好奇的意志，王抗爬到楼顶，目睹由奥玛蝶翅组合的天帐。

他突然感到无法顺畅呼吸，气管中发出嘶嘶的声音。他的哮喘病发作了，他习惯性地想掏出腰袋中的“克立灵”，但是那口红大小的金属喷罐并不在柔软的腰袋中。

爆裂声自楼下传来，蛮横的械斗已经进入白热化的阶段，咻咻的射击和此起彼落的轰然震动，一波波地回荡开来……

那沁凉、廉价、长出少许锈斑的喷罐在哪里？王抗的胸腔如同一具失效却不停止运作的鼓风炉。

克立灵呢？王抗的喉管像火烧一般，窒息的恐惧像一枚榴弹在意识中炸开。

地球移民的先发部队已经攻进距离蓝区最近的一条黑街，双方进入肉搏战的阶段。丽姬亚人拔出他们传统的虎牙刀迎向攻来的地球人，地球人则使用他们手上的榴弹炮管或是挂在背后的长刀朝向蓝皮肤的异星移民全力挥打，红色的血液和蓝色的血液喷溅在废墟的墙上、地上、沟渠中和那些黑黝黝的爆炸坑洞中。

然而王抗需要克立灵，他不应该离开自己的同伴们，那个小巧玲珑的金属罐可能在他踏上一圈圈的回旋梯时滚落在哪一个角落，也许他根本没有把它带出来。

我要死了。王抗的心中涌现出一朵朵黑色的花朵，他听到自己的哭号，内在的、无声的、卑微的哭号，朝向那一朵朵黑色的花朵中央凹陷进去的哭号。他的喉管像是管风琴般传出神奇的声响，盖过了内在的哭号。

瘫倒在地面的王抗，双手无助地在布满尘埃的天台上想要寻找奇迹，但是抓到的除了空虚的浮尘，还是空虚的浮尘。他确信自己失去了依赖，没有了那个小巧的金属罐子，生命竟然面临了终结。

母亲变形的脸庞滑过眼前，更多黑色的花蕾急遽绽开，遮住了母亲那张憔悴的脸，那丝温馨而苦涩的笑意融逝在一瓣瓣绽开的黑色花心。

我要死了。黑色的砂原大丽花，那重重九十九层瓣的花朵，对奥玛居民而言代表着死亡的哀伤。那玄秘的黑色正在王抗的胸腔中不断蔓生，多刺的枝条穿入了一道道痉挛的气管。

那金属罐子去了哪儿呀，是不是正沿着数不清的台阶，一阶一阶叮叮当当朝向地心的方向滚落下去？王抗睁大了眼珠，瞳孔却在萎缩。

濒临蓝区的最后一条黑街上，丽姬亚人的虎牙刀发挥了阻遏效果，那种以“诧铋”提炼而成的大锯齿刀身，足以将地下兵工厂制作的榴弹炮钢管一刀两断，更别说是那些来自绿区的血肉之躯了，在短短不到三十分钟的交接肉搏战中，一阵阵骨肉分裂的砉砉声响，地球移民的前锋敢死队留下了近五千具尸体。

丽姬亚人开始反击。当地球移民第一波的攻势顿挫之后，丽姬亚人开始整队朝向对方反攻，横列的队伍手持射程达一百公尺的喷焰器，不断喷射出一片片焮炙的火幕，躲在掩体后的地球移民惨号着全身带火狂奔至死，焦臭的尸味横溢在淡蓝色的大气中。

燎朗的火光自街面升起，迷蒙中王抗意识到自己已经攀附在死亡之崖的边缘。

活下去。另一个声音响自远方：一定要活下去。

金属罐滚落阶梯的幻想，像是眼前发生的事实，一只巨大而无限延长的手迅速地朝向克立灵沿阶弹落的方向移动。金属罐仍在坠落，那只手就快要赶上了，就快要赶上了。在回旋梯的最底层，是一个深黝无底的黑洞。发出微弱闪光的药罐朝向那个通向死亡的黑洞坠落。

坠落，回旋的小罐子即将消逝在黑暗中。霎时，那只手及时握住了那个即将坠落无踪的罐子。

王抗张开嘴，将金属罐中的药剂喷入气管中。然后他慢慢地回过气来，挣扎着扶住一道崩裂的围栏在大厦楼顶的边缘勉强站立起来。

他并没有真的捡回克立灵，是他的意识拯救了自己。从此刻开始，他再也不需要依赖药剂了。

械斗本身如果是一座残酷的学校，那么交绥区的三条黑街就是实习的操场。

每次战事复苏，废墟间处处飘扬的、金黄色的邦达列夫草就会因为灼热的爆炸和燃烧而毁灭一次，那纤细却挺拔如钢线的叶片一眨眼工夫便卷曲、异变为焦烂的紫色，如同死者窳败的心灵。

各种色彩的烟雾在古老而高耸的建筑间徐徐盘升，奥玛蝶的群体缓缓移向战区之外，许多蝶翅自空中无力地衰落，跌坠在烫热的人类尸身上，残损的蝶翅仍在不甘心地扇摇着。

战斗的味道是难以述说的，因为那股味道积聚了太多令人遽然变色的事物，但是那股味道却不难辨别。每当区域械斗展开的时候，整个奥蓝多港市都可以嗅到那股浊恶的气流在腥臭的海水味道间穿梭流动。

王抗突然理解他不再需要那以可笑的方式控制自己生命的金属药罐，此刻，这种异乎寻常的自疗能力使得他成为一个脱离童年的男孩。在不可知的未来，他仍然会恐惧，会害怕，会失落，会无助地发抖陷入挫折的哀伤中，但是他拥有了旋转自我、将自我拔升出心理泥沼的意志力。

他稚嫩的手心抚触着楼顶上的镠金残栏，沿着楼顶的边缘走动，俯视着蛮荒而诡异的种族战斗。

绿区和蓝区的械斗，如果将之比较于地球殖民联邦与新丽姬亚帝国之间的漫长抗争，的确只是小巫见大巫的械斗。真正的星际战争，双方结集了大战队和成群的航母，用巨型粒子武器、卫星发射器、游星炸弹和人工行星堡垒进行规模浩大的歼灭战争，一场行星和殖民星攻防战的展开，就意味着一整块大陆，甚至星球上人迹所至之处的全面毁坏。

与其说人类需要战争，不如说战争需要人类。

在两个超级强权漫长而苦痛的抗衡战略之下，两大星团之间有五百多处战区形成了宇宙墓场，难以计数的战舰废体和金属残骸静静地停滞在不再转动的时空中。除了漂流的陨石，宇宙墓场成为星际通航的“人为礁石禁行区”，那些被弹射出舰体、孤寂地死亡在无边黑暗中的军士，他们死于孤寂与惊悸的表情，仍然栩栩如生地镂刻在失去生命的皮相上，隔着清澈透明的面罩，存在的荒谬性在此变成反讽的永恒。那些尸身，维持着最后一瞬间的动作，凝结着，凝固着，为了记忆生命本身的残酷而形成不会腐败的标本。

但是在那漫长的“二十年战争”期间，数以亿计的死亡人口都在震骇瞬间的闪光中被分解为飘浮的微尘。生命只像是暗大帝和唐光荣这两个殖民帝国领导人相对博弈的筹码？不，他们何念乎生命，他们的筹码是一颗颗的星球和那些震动霄汉的超级战斗机械。

和超强之间的武力冲突相较起来，武装中立星球奥玛的一隅无政府状态，那些前仆后继的贱民械斗又何足挂齿。

在王抗亲眼见到了“绿区”和“蓝区”的激烈实战的那一年，他刚满八岁，也正是星际史上最残酷的“二十年战争”正式登场的地球纪元 2674 年。

很吊诡的是，和一颗星球在一夕之间成为死亡禁地的传说比较起来，眼前一个垂死挣扎的伤兵会更令人感到震撼。尽管那些贱民早已习惯于无意识地以械斗来调节各区之间多余的人口，但是对于王抗而言，那种身临其境的试炼比任何课堂上的历史学教育都来得直接。

历史所述说的不是过去，而是未来。

在濒临绿区边境的最后一条黑街上，丽姬亚人的反攻已经迫近突破防线的临界点。一个丽姬亚人全身弹孔，蓝色血珠激射如启动的喷雾器，他仍然纵身扑上一具机身通红的拼装阵地机枪，霎时，他的身躯在紫金色的爆炸中破碎如蓬草游丝……

那些蓝色的丽姬亚人像潮水般涌至，擎举着喷焰器、油锯、虎牙刀、电力棒、铁蒺藜、星云锁以及各种手掣轻型射击武器，他们在巨大的探照灯前挥舞自己的愤怒，但是密集的火网使得他们如同一排排被伐倒的树木般连绵躺入血泊。蓝色的血浆渗入龟裂的街面，当街面无法吸收的时候就流成了一道道的沟渠，那些蓝艳的液体朝向蓝区的方向淌去，好像是要将死者的讯息带回给悲伤的家族。

死守最后一道防线的地球移民，在蔓延十几公里的长街上设下了一具具重型防御武器，奇形怪状的各种炮管伸出建筑的窗口以及残蔽的围墙，很多人在掩体后面被夷弹烤成婴儿大小的人干，更可怕的是丽姬亚人用原始的投掷器所投掷出来的“海老球”，只要被击中了肌肉就会化血见骨，伤者自己抓下腐烂的皮肉狂啸而死。

丽姬亚移民的尸体在前线仆倒如同弃置的垒包，他们在连续十余次人海决堤战术失败后，以拼装的机甲战车结集成三个纵队，意图在最后一条黑街的三个主要交叉路口进行重点突破。厚重的战车利用重型码头起卸机和货柜车头焊上三英寸厚钢板制成，上面布满了预留的方形射击孔，穿出一杆杆榴弹枪管和轻型光学武器。这些到处都是铆钉和接焊痕迹的机动怪物，有的还装置了大型的怪手，发出轰隆巨响，朝向敌方阵地笨拙地冲撞，履带和厚实的轮胎碾压在那些尸体上，被卷入的肢体剥刺剥刺地榨出了血浆，被卷入的武器则迸发出金属绞缠摩擦的火星。

一栋将近四十层的废墟大厦瞬间崩溃，强烈而汹涌的烟尘像是山洪暴发般往大小街衢巷弄冲刷滚涌，一切都陷入迷离不清的烟尘中。

俯瞰战事的王抗已经忘了那些遗留在战场中的童伴们，他醉心于奇幻无比的贱民械斗，如同站在一个恐怖而巨大的音乐盒的中心，在沉沉黑夜被冥冥中的巨掌拨紧了发条，在发条完全松懈以前，那充满魔鬼音阶的古怪进行曲只会拖长节奏而不会终结，几十万壮汉之间的杀戮就像是音乐盒上设计的玩偶战争，反复进行，进行反复。

丽姬亚移民的战车队即将突穿一个塞满尸块的巷口，地球移民的大车阵也及时出现阻挡，用重型推土机改装而成的数百辆攻击车，举高它们的推土器，从不同的角落列队窜出，朝向丽姬亚人的战车队猛力碰撞，铿锵的车队角力在鸟瞰的视觉下竟然显得滑稽可笑。

宽大的街面上，沉重的车身互相撞击，一排排拼装车和另一排排拼装车互相撞入对方的车首和车身，还没有被挤碎的乘员在咫尺之间的短距离互相射击，向敌人的车身投掷手榴弹和发射蜂针，闷闷的爆裂声在装甲车的内部搅拌着，接着从所有接焊的部分喷炸而出，整条街上到处都是连绵不绝的火柱和浓烟盘旋升起。

又一栋在顶层刻满兽面浮雕的大厦，在数十辆丽姬亚战车的反复冲撞和破坏之下，咿咿哑哑地倾斜成四十五度，那些狰狞的怪兽脸孔随着建筑的倾斜而对着街面崩裂坠落，一块一块砸在窜动的人车和崩坏的建材上。

在双方都缺乏制空权的情况下，为什么多年来敌对的人种始终将战区局促在这三条大街上，是可以轻易理解的。这种恐怖的械斗毋宁说是一种集体自杀的行动。绿区和蓝区的战士都由各自的工会和帮会联手控制、临时聚合，双方在进行大规模会战的前夕，竟然如有默契一般，总是在彼此的人员武装征调都达到完备阶段的时候才会全力进攻，事实上，每次会战的三五天前，彼此都已经理解了“预定”的战斗时间；绿区的猎龙星人和包希亚星人竟然也自动加入了地球移民的阵营。

别的星球居民，甚至奥玛星其他领域的居民尤其不能理解的一件怪事，就是械斗的双方都没有真正的指挥体系，分割成一股一股的战斗小组分别隶属于不同的家族、单位和帮会，他们也不知道为什么要参加械斗，也从来不曾了解为什么这种极其恐怖的屠杀总是没有胜利的一方，唯一的认知是战斗的对象针对不同肤色的人种，唯一的原因是他们住在不同的贱民封锁区。

没有人胆敢说这是一项庆典，事实上它是。

在一块没有希望也没有宗教的土地上，那自腥臭的南路西海飘来的古怪空气影响了生存在此处的任何生物，集体的血祭可以宣泄生命集体的不安和挫折。每当这些区域中的烧杀奸淫不再能满足那些厌倦生命的人们，肤色和地域成为集体泄欲的虚伪理由。是的，虚伪的理由导致的是疯狂的实践。

王抗睁大着眼睛向四方俯瞰，站在弥漫烟尘的暴风眼中，他呼吸着浊恶与无明的空气。他突然看见前方的大厦楼顶出现了一整队人影，然后是另一栋大厦的楼顶……

同时他也听见：自回旋梯中传响出急促的脚步。

是丽姬亚人！王抗想找地方闪避，但是空荡荡的楼顶上什么遮蔽物也没有，他望着天幕上迸射虹光的伊莲虫体，豆大的冷汗一颗颗淌落面颊，滚进阴凉的衣领中。

没有时间了，一阵阵的急促脚步节奏加快，迅速接近，已经没有时间、退路，没有思考的时间，没有挣扎的空间，没有闪避的可能。不，那儿有唯一的机会。

王抗攀住围栏的边缘，往下俯瞰，将近一百八十公尺的高度，地面移动的巨大战车比拇指头大不了多少，他感到晕眩，自四面八方凝聚而来的是各种歪曲的影像，盘缠在胸中的气管又开始嘶嘶喘鸣；没有时间了，王抗的手臂一阵酸麻。

不到三秒钟的时间，就会有可怕的敌人登上顶楼，王抗的夹克内一片湿漉，他深深吸一口气，汗珠垂直滴落，一百八十公尺下的地面忽远忽近地悬置在那儿。

尖锐如同鸟鸣的丽姬亚语已经传上楼顶，王抗在围栏上撑起双臂，遥远的地面移入视线的中央，然而他咬紧下唇，一跃而下。狂风嗖嗖搔刮他的面颊……

“咯噔”一声，他的皮靴落在第四十八层突出的楼层雕饰上缘，他的双脚不可遏止地发抖。在睁开眼睛前，不知过了多久，也许只有眨眼的霎时，也许已经过了好几分钟，他的双臂正贴住矗立的楼壁，脊椎隔着夹克可以感受到石墙冰凉的温度，他的双脚不偏不倚踩在一个弧形的大花饰上。

王抗的下唇咬出血印，除了咸味，他没有丝毫痛觉，双腿的抖动逐渐平缓下来，他开始尝试往侧方一小步一小步平行移动。

爆炸声清晰地在脚下将近二百公尺的地面传响。

一枚榴弹击中了王抗处身的大厦，沉沉的摇晃差点将他推下了坚硬无情的地面，他的左脚滑坠，摊平在楼壁上的十指都抓出了血痕，但是他稳住了……在近乎无意识的行动下，他移动到一个庞大的棘角兽雕的旁边，将自己的躯体挪近足以容纳成人的兽雕口腔中。

扶着那突起的长牙，兽口中的王抗禁不住啜泣起来。

他无力地瘫倒在布满厚厚灰尘的空间中，听见自己的哽咽，然后他眼角的余光发现了那些丽姬亚移民正大量登上不同的楼顶。

一排排的银翼，在一栋栋大厦的顶端撑开，王抗猜到那是个人滑翔装置，闪亮的银翼像是一道道弯月、一把把锐利无比的镰刀，临风列队站立在危厦的边缘。

王抗开始感到两只手掌上的伤口发出麻辣的痛觉，右手的几枚指甲都翻了开来，手臂上也感到瘀伤的深浅疼痛，左膝头暴露在磨破的裤管外，黏滞的血污凝固在浮肿的肌肤上，然而这一切都算不了什么，他的心神完全被高厦上那些装置了银翼的丽姬亚人所吸引。

除了奥玛政府定期巡逻的战斗直升机之外，八岁的王抗没有见过其他攻击性的飞行器。但是他知道那些银翼是用来干什么用的，他突然警觉，当丽姬亚移民有计划地发展出空中攻击的手法，这表示蓝区对于绿区已经产生了特别的意图，而不止是过去那样为了种族情感而盲目进行的武斗。

丽姬亚移民想要“占领”绿区？这个念头闪过王抗脑海，但是他没有能力警告绿区的人民，而绿区的人民除了绿区之外，他们哪里也去不成。

王抗想到母亲，想到绿区的破旧阁楼，那儿污秽，可是住着有感情的人类，他突然希望自己也能够充满了力量，能够和那些粗鲁、无耻和低等生物一般苟活着的地球移民们并肩战斗，能够像超人般发出惊人的能量裂开街道，满足地听着丽姬亚人跌进地层中的哀号。

但是他什么都不是，什么也做不了，他只是蹲踞在模样古怪的怪兽雕像口中的无助的男孩。

第一波银翼战士顺着风势瞬间滑向地球移民捍卫的绿区，他们穿越烟尘弥漫的恶浊夜空，投下了一颗颗爆裂的榴弹，那些惊诧地在掩体后抬头张望的地球人，忘记了战斗，张目结舌地发现丽姬亚人的新武器，不到五分钟时间，将近三千名战士已经直接侵入绿区，在他们降落在绿区之前，每名战士至少向地球移民的防卫线上空投掷了十枚以上的榴弹。

前线丽姬亚移民的战车队伍和暴民团攻击不懈，加上入侵的银翼战士自后方向地球人逆袭，情势非常危殆，绿区的抵抗似乎已经进入土崩瓦解的阶段。

王抗望着空中那滑越的银翼闪光，不知不觉沉沉地睡着了，他的梦延续着现实中所看见的杀戮现场，爆炸的烟尘、屋宇崩溃的烟尘、钢甲钢板间飘逸而出的烟尘……

然后他醒过来，幽幽地醒过来。

一只奥玛蝶在他的面颊上徐徐爬行，王抗无意识地拍击自己的脸庞，一摊湿黏的液体涂抹在面颊和手掌间，他将恶心的蓝紫色蝶尸涂抹在怪兽的牙齿上，发现自己蜷曲着不知睡去了多久，也不知昨夜的战斗结果如何。

他首先得做的事情是脱离这栋危楼，他钻出兽口，盘住巨大的建筑雕饰，迟缓地移动在楼壁上，终于找到一片一尺宽度的裂隙，他跳进室内，过了好一阵子才回过气来。

王抗谨慎地穿越房间，沿着回旋梯向地面的方向移动，幽然的青色光线从楼顶的裂缝投射下来，除了他自己的脚步声，什么声响也没有。

漫长的回旋梯，通向中央的底层，细致雕花的扶栏散发出玫瑰红的色泽，一圈圈向中央的暗紫色斑迹转紧，像是上紧的发条，四周的楼壁布满不规则的、如同巨大的 DNA 图像的渍迹，那是由奥玛南方特有的霉菌构成的壁癌。

什么声响也没有。除了他自己的脚步声。

若明若暗的气氛中，光晕自不同的角度漫射而来，炯然生色的扶梯温度如同冰一般。

在漫长的回旋梯尽头，王抗在大厦的地面发现了同伴们的尸体，从他们身上被撕裂的肌肤和突出体外的肋骨来看，那是丽姬亚人的虎牙刀造成的恐怖创伤。无辜的七个男孩。在回旋梯后的狭窄空间中被蓝皮肤的异星暴民发现了，他们根本无法反抗，甚至来不及哭号，就眼见自己的同伴以及自己的肉体被利刃劈砍碎裂。

王抗怔立在同伴的尸体前，他们是为了等他而死在大厦的底层，那些欢笑的稚嫩脸蛋，滚落在血污的地面。

八岁的男孩茫然地走上街道。青绿色的天空下，整条死寂的街道展现在眼前。一具具累叠的尸首，扭搅在一起的死者维持着他们最后一个表情。到处都是残破的车身，有的嵌入了建筑之中，有的半埋在倒塌的石墙里。

宽大的街道上，昨夜的战争像是被遗留在现实中的噩梦残块。大气中仍然飘忽着血腥和焦灼相混的气味。

古老的街道两侧，颓圮、污秽、布满裂缝和坑洞的两排建筑勉强地支撑在它们原本的位置上，有的建筑已经成为一摞石丘，有的留下空荡荡的支柱，但是大部分的建筑仍然可以看到南方开拓初期的人文风格，每栋大厦的楼壁上布满晶石雕刻的诡异图案，无数的异兽张开大口，赤裸的女人在背脊上生出六对带爪的翅膀，九头的海龙张起颈项间多刺的肉盔，全身布满瞳孔的连体人，以及所有脏器都延伸到体外的恐怖神祇，千奇百怪的肖像黏附在建筑外壳，那是开拓殖民期的神奇世界，梦兽族仍然纵横在奥玛星上的古典时期。

而王抗眼前的杀戮现场，却属于比遥远的古典时期更为遥远的蛮荒世纪，人类竟然如同无理性的多巴哥虫一般，重复着无明的魔性斗争。

那些在黑夜空中穿梭的银翼是否攻进了绿区？昨夜的会战结果如何？哀伤的王抗走到绿区前哨的时候得到了他的答案。

一长排绵长的粗拙木桩，参差地钉在绿区的边界上。

那些背上仍然驾着拗折银翼的丽姬亚飞行战士一个个被插在木桩上，从胯部直贯而入的木桩，有的裂胸而出，有的经过喉管穿出口腔，有的贯通脑门……

一望无际的边哨线上，银翼战士们像是受难的天使，令王抗悚然想到那些屠杀梦兽族的古老传说，富有变幻能力的梦兽异变万千，必须把它们用木桩插在半空中，才能防止它们再度脱逃……

至少有上千名银翼战士被插上木桩，蓝色的体液从胯下沿着两股和木桩分三道滴落；王抗可以想象他们活生生地被削尖的木桩穿透躯体，连人带桩再被巨大的铁锤钉进坚硬的石砾地，直到第一道绿褐色的曙光映射在他们背后折裂残破或者扭搅不堪的金属翅翼时，仍然有苟存不死的哭号者抽动着大腿，用尽气力诅咒着整颗星球。

他们全身犷悍的血液流渗进石砾路面的底层，在逐渐膨胀的太阳下，金属翅翼的热度不断升高，暗蓝色的肌肤在死亡后以高出地球人种十倍的速率急遽腐败。虫身如蜘蛛般肥胖的天魔蛾扇动着翠绿底色交杂明黄色骷髅纹的翅膀，成群成群盘舞在每一具尸首的周围，在那些腐臭的部位产下一排排淡金色的虫卵，不到三个小时，黑色的幼虫就会从肌肤和五官中徐徐蹿出。

两年后，王抗逃出了绿区。一切的死亡都抵不过一个母亲的死亡，那唯一的亲人还没有咽气就被邻居拖到焚尸炉去，为了一场瘟疫，一场由天魔蛾引起的瘟疫，也许是那些死亡的银翼战士为了复仇而化身带菌的魔蛾。

但是一切都不重要了。王抗偷渡到红区，被一名华裔老绅士王帆远好心地收留了一段时间，他成为老绅士非法的养子，不久又成为合法的养子，老绅士用钱买到了他的新身份。

为了北上，他暗杀了沉睡中的恩人，取走了他枕头下所有的奥玛币和金融卡，然后踏上全新的旅程。

十岁的王抗一个人坐在阴冷的车厢中，那是他前半生中唯一搭乘大陆纵贯列车的经验。他已经忘记那可怜的、被恩将仇报的老绅士，他唯一可以清楚忆起的脸庞只有母亲的脸庞，愈来愈清晰、愈来愈美丽的母亲的脸庞，成熟而妩媚，在醒与睡的边缘，他看见赤裸的母亲将赤裸的自己拥入怀中。

然后，他感到肌肤被女性抚触的神秘欢娱，肌肤与肌肤交错时迸发的静电感应。然后，他醒来，座位旁恶臭的男人压在他没有发育完成的肩膀上，恶心的外套上的翻毛面，摩擦着他稚嫩的面颊。

王抗用力挺起腰杆，双手狠命推开男人的躯体。

笨重的男人再度张开眼睛，把口角滴出的唾液用翻毛袖口抹去，眨了眨眼，鼾声在瞬间响起，臊恶的躯体再度朝向王抗缓缓倒去。

王抗的右手抓住藏着母亲骨灰的项链坠子，在喘不过气来的狭小空间中，他的左手在腰包间掏出一根三英寸长的钢针，他奋力挣脱朝向他倾压而来的厚实肩膀，靠着阻隔黑夜的玻璃窗，缓缓地转换姿势，他跪立着，望着男人垂挂在他眼前的脑门。灰白和暗褐色间杂的头发不断流释出一股呛人的发油味。

车顶上的人头图案一个挨着一个，他们仍然在传递着奇异的表情，那些颜色鲜辣的头像，每个都用面对死亡般的眼神盯着王抗散逸着奇妙光彩的脸庞。

漫长的夜，寂寞的夜，远离家乡的夜，不可能失去更多的夜，黑乎乎的原野被遗弃到永不回头的方向，错乱的记忆，永不停止的杀戮，天空中惊聚成云的奥玛蝶，交错身姿在夐空中迸射虹光，在梦中不断溅起水珠的金色水车，灰色车厢中的彩色涂鸦，黑街上自大厦顶端飞旋而下的丽姬亚银翼战士，发出隆隆巨响的拼装战车，母亲含怨的眼神，一道道撕裂空气的榴弹轨迹，熊熊绽放青涩火舌的焚尸炉，天魔蛾带来的死疫……不可能失去更多的夜，远离家乡的夜，寂寞的夜，漫长的夜。

心跳怦怦，王抗的右手放开项链坠子，在腰包里掏出一个正面镂刻着克里斯多娃肖像的奥玛镍币，那枚镍币贴在掌心的正中央，被湿濡的汗液粘贴在柔软的掌纹间。

车顶上一连串的人头图像都在注视着王抗，他们仿佛都张敞嘴唇，一齐嘶喊出王抗的名字，他原本的名字：剥利路。他们一齐嘶喊：剥利路！剥利路！像是要阻止什么，又像是要鼓励什么。

左手的钢针对准了那大汉发丛的正中央，王抗高高举起右手，掌心的镍币闪闪生辉。整座车厢的涂鸦都变换成他的名字，扭曲着，发出声响。

其实什么声响也没有，悬浮的列车稳定地朝向北方行驶。当王抗右掌的镍币瞬间将左手拈住的钢针撞入那大汉的头顶中央，就如同这个十岁的男孩对待红区老绅士的方法一般。什么声响也没有，当钢针没入男人油垢的发丛，深深刺入柔软的脑髓中，熟睡的男人只是突然睁开失焦的双目，眨了眨眼，然后再度沉沉睡去，永恒地睡去。

▽

自从十岁那一年到了力王市，王抗就不曾离开过这座奥玛星的首都，这座枯燥、乏味、涂满了蜜汁般的阴谋的首都，宇宙间人类所知的第五大商业城市。

三十五岁的王抗，他已经取代了当年那枚镍币上的星球独裁者克里斯多娃，拥有自己的宫殿，整颗星球上通用的金融卡上都镂蚀上他英俊的侧像，各州郡议会正厅前也都悬挂起他的半身肖像。他曾经震怒地开除了邮政总局的局长，因为他唯独不愿自己的脸庞被印制在邮票上，他不能容忍自己的脸庞被丑恶的邮戳污损。

他知道自己有多少敌人。以前他的敌人们团结在大统领克里斯多娃的麾下，接着这些敌人们和他团结起来推翻了克里斯多娃，最后他变成了众人称羡不止的大统领，变成了那些比过去更强的敌人们推翻的目标。

一早醒过来，他的星务卿施施儿就坐在他的面前，提醒他这颗星球即将发生的政治危机。王抗走到落地窗前，望着他统治的伟大城市。

这时候，被罢黜的前大统领克里斯多娃披散着一头白发，蹲踞在奥玛星上空人工小游星的舱房里吸食着太空早餐。她在这个度过了七个半地球纪元的囚室中急遽地衰老，但是她绝对保持着清醒，臆断终有一日自己可以回到奥玛星，重新召唤那些死忠的党徒，再度盱衡天下。她的肉体在短短七年半的时间中崩溃下来，对于一个曾经统治星球如今一无所有的女人而言，这是异常残酷的刑罚。因为她的憎恨是这颗小游星的能源，她强大的精神力恰好能够衔接精神能源储蓄器，维持这颗人工星球的正常运转，也恰恰好维持着自己的生命。有一天她停止了对奥玛星和王抗的诅咒，整颗小游星将失去动力，不再自动由星尘带中的悬浮物提炼那些烤熟的橡胶般的太空食物，不再发电保暖，不再维持氧气制造机的功能，那时克里斯多娃将被冻结在一块金属废铁的中央。

克里斯多娃必须用心憎恨一切，她的憎恨逐渐增强，但是逐渐老旧的人工星球需要的自动维修能量也相对增强，她曾经常葆青春的肉体也因而不断枯槁。克里斯多娃为了生存而憎恨，憎恨是她生存下去的唯一条件。

王抗已经很久没有想到克里斯多娃了，他的心中即使淡然掠过她的影像，也维持着镍币上那绮丽美艳的侧像。

施施儿站在王抗的身后，他仍然想说些什么，他希望提醒他的大统领一些迫在眉睫的危机；但是施施儿终究不再开口，只是木讷地站在王抗的背后。

王抗什么也不想听，他是这颗星球的最高统治者，更重要的是他已经三十五岁了，不是克里斯多娃床上的面首，不是列车上抓着骨灰坠子的十岁孤儿，也不是绿区里依赖克立灵才能生存下去的男孩。

他不再需要施施儿告诫他应该怎么做。

早餐时间到了，王抗想。他回头以温柔的语气对他的星务卿说："你在餐桌上等我吧。"

施施儿躬身为礼，还来不及抬头，王抗已经走到卧室宽敞的另一侧，一幅占满一面墙的精致浮雕，描绘着奥玛古贤人猎梦者色色加在古史中沙暴区会战时指挥人类和梦兽族作战的故事。壁雕在王抗的身前缓缓退开，似乎是因为王抗的出现，他们必须暂时放弃永不休止的斗争。

王抗隐没在合拢的壁雕之后，施施儿双眉锁得更紧，他知道王抗在想什么，他知道王抗开始将自己以及这颗星球推向毁灭；更可怕的是，施施儿相信王抗同样知道自己正步向政治的悬崖。

在星际中，奥玛星必须在地球殖民联邦和新丽姬亚帝国之间，不断寻找不稳定平衡中的平衡点；在奥玛星内部，王抗必须在国会议员贾铁肩和幕后控制锡利加教的副统领沙库尔两大实力派的对峙杠杆中，觅取维护奥玛中央政府威信和颜面的支点。

王抗预备亲手破坏奥玛在星际的平衡关系，他也知道自己正着手颠覆贾铁肩、沙库尔和自己之间的三角关系。

箭在弦上，不愿松手，也无法不松手。

永远不相信别人的人，至少必须拥有令别人相信自己的能力。相信政治的人被称为政治家，然而历史上所有的政治家，都不过是达成完全犯罪理想的政客；所谓“政治家”是死后也拆穿不了的政客。活得愈久，掌权愈久，被拆穿的可能性也愈高，而唐光荣活得够长、掌权够久，到现在仍然是地球联邦的执行长，所以王抗根本不相信唐光荣会为了他唐氏星际企业的利益而将筹码压在奥玛的位置上。

每一个机会，都可能是契机、转机或是败机，败机永远存在，但是契机和转机失而不可复得。王抗只有成为另一个克里斯多娃，他才能稳操胜券，得到和唐光荣互相输送利益的筹码。那么，贾铁肩是首要清除的目标。

踏入更衣室，这个只有王抗本人才得以进入的私密空间，当雕饰的墙壁迅速合拢，这个空间和他的心灵融为一体。圆形的更衣室比卧室还要宽敞三十倍，一格格用水晶板隔成的衣橱环绕着三百六十度的室壁，超过一万两千套精致手工的礼服和四千五百双绝种珍禽异兽剥制而成的皮鞋摆置其间。光是这些衣饰，就足以买下整个绿区的人口。

圆室最特殊的地方，是摆置在室内几何中心的音乐盒，一个巨大的音乐盒安放在十吨重的黄金台座上。

这个巨大的音乐盒的表面，正是断港绝潢、凄楚海角的绿区立体街道模型。这个庞硕的音乐盒模型装置了“神解开关”，只有王抗本人知道开关在哪里，启动音乐盒的密码是什么。

也只有王抗自己才知道，为什么要在奢华盖世、以碎钻铺成地板的更衣室中摆设这么一具写实而丑陋的贫民窟模型。街道上面密密麻麻布满着穿着廉价衣饰的小人，每一个小人都有不同的表情和动作，那些参差不齐的老旧阁楼和成排序列的贫民公寓，那些到处都蒙上一层黑垢的工厂和五花八门的仓库，摇晃不已的环区，发出古怪响声的卸货机和货柜车头，废车叠成的金属山和废物叠成的垃圾山……这是今年、去年、十年前以及五十年前的绿区，永恒的绿区。

音乐盒的开关在王抗的心中，他想要启动，音乐盒就会启动，只要他喊出那个简单的密码。

那个简单的密码："母亲"。王抗的心中喊出"母亲"，音乐盒就启动了，所有的建筑都点亮了灯，人们开始行走，一首名叫《波丽露》的古老乐曲悠扬地回荡圆室。

每当音乐盒启动，王抗就重返熟悉的童年，他的心灵进入音乐盒中，进入一间老旧的阁楼，他拉开积满尘埃的百叶窗，窗下的巷道上一个包希亚星来的流氓，抓住了一个小贩的双肩，用他额头中央突起的肉瘤，把小贩的颜面捶击得鲜血四溢，然后将昏厥的小贩身上的腰包粗鲁地扯下，迈开大步，消失在狭小而弯曲的巷道尽头。一户户低矮的楼房窗户，许多只眼睛在破裂、布满尘埃、甚至出现弹孔的窗户后窥探着：小贩挣扎着，他的鼻梁断裂，左眼球掉出眼眶，水晶体和血液流淌在半边脸上，他坐在地上捂着脸干号着，没有人走出腐蚀斑驳的门户，没有人走到他的身边把他支撑起来，他必须自己站起来，捧着浮胀不堪的脸庞自己站起来。一枚枚的眼睛自窗户后消失，只剩下王抗仍然踮着脚，站在缺了一脚的矮凳上，把脸庞压挤在玻璃上，看着重伤的小贩踉跄地站起来，走几步又捧着脸歪倒在路旁，抽动着腿，直到全身僵直，再也没有动静。王抗跳下矮凳，冲出斗室，踩踏浮晃的铁皮阶梯，奔出陈旧的阁楼，在巷道上跨越小贩倒卧的躯体，他喘息着，停不下来的脚步，随着音乐盒散扬的曲调，他在一条又一条交叉盘绕的巷弄间奔跑，又跨过了一只狼猫的尸体，经过几个在沟渠旁清洗鱼类的妇人，闪避一辆载满猎龙星醉汉的拼装车，跑上一条蹲踞着上千名等待雇主的临时工人的劳力交易所，千百只眼睛同时击打在他的背部，接着是费力地上坡，一排倾斜的尖顶式楼房，在倾斜的屋宇下打赤膊的男女聚合在一起正为自己下注的铁线蜥蜴掷下污损的小额纸钞，然后他大口喘息，遏止不住的脚步迎风滑入一条下坡的弯道，音乐盒的旋律伴随着缓缓自转的绿区，他仍然冲下弯道，一些流浪者肆无忌惮地在墙角边拥吻，男人抱着男人，阴沉的、猥琐的淫笑浪浪传响，然后王抗跑进接近海岸的小路，腥臭的海风一阵阵吹来，黑夜像泼墨般浇淋在他的头顶。小路上连绵衔接着廉价的旅舍。

在音乐盒的乐曲逐渐拖曳、扭曲的时候，王抗看见一群暴露的女人用妖媚的眼神勾引着经过的男人。其实，没有经过的男人，到这儿的男人都想要带走一个廉价的流莺。这条小路每隔五公尺就竖立一根铝质的昏黄路灯，明处暗处，形容污秽的工人们互相搭着肩膀，粗鲁地调戏那些阻街女郎，嘈杂地讨论五元、十元的折扣；也有许多拼装的房车，钉上铁丝网的车窗后，驾驶露出晶亮的瞳孔，物色着泄欲的对象。王抗掩身在灯杆后面，窥见黑头发的母亲混杂在流莺之中，半袒着胸口，伸手勾搭路过的男人。王抗看见她的神情，一张面具，一张令他疑惑的面具。

▽

早餐在花园的棚架下进行。王抗换上浅红色的套装，微笑着走入缤纷的花道。一群嬉闹的女郎看见大统领闲步在彩色的园林间，立即奔迎上来，她们身上的薄纱随着轻盈的脚步飘忽如雾，娇柔而饱实的乳房灵巧地颤动，像一群亢奋的百灵鸟，簇拥着她们的主人。

王抗喜欢露天享用他的早餐，喜欢在嬉戏的少女和璀璨的花丛间品尝新鲜的蜂蜜和牛奶，嚼着香脆的甜饼，呼吸着摆满长桌的鲜果的色泽。

一张乳白色的长桌，没有椅子，王抗一边走动一边吃食，周围是雀跃着、讨好着他的女郎们，以及一桶桶摆在悬架上的进口红酒。王抗随意拔开桶下的木塞，喷涌而出的酒液剥剥浇淋地面，女郎们抢着用鲜艳的红唇接酒，几瓣鲜唇依依贴在一起，红色的酒液洒在她们调皮的鼻翅上。

施施儿站在棚架边缘，注视着王抗。大统领正抓住一个红头发的女孩，把一根绿色的腌瓜塞进她呻吟的口中。

一阵微风，略微沁凉。一道道浇淋在泥土中的酒液染黑了地面的色泽，琥珀花带着金色丝线的褐色花瓣如同一阵微风飘落在食物和胴体之上。

王抗什么都没有看到。他没有看到施施儿的表情，也没有看到强颜欢笑的女郎们个个冻得皮肤发紫。

当一个人连距离最近的事物都看不见，他必然看不见自己。施施儿胸口一阵绞痛，他发现王抗已经是一个盲者，过去他扮演的是一只忠实的导盲犬，但是现在盲人丢了拐杖，连导盲犬也不要了，执意要走向悬崖上的一座断桥。

▽

地球纪元 2701 年 2 月 27 日（奥玛纪元 LXXXVⅢ·Ⅰ·XXⅢ·2），奥玛星国会在贾铁肩的导演下，以些微的差距通过《大统领任期法案》，限制大统领的任期不得超过四个奥玛年，并且不得连任，推翻了第八共和克里斯多娃时代大统领无限制任期的不成文惯例。

法案在一天之内提出、通过，虽然属于沙库尔旗下创造党的九十九名议员集体抵制开议，但是以出席人数表决三分之二通过的游戏规则而言，却形同暗助贾铁肩的阴谋。扣除创造党席次，剩下的二百零二名议员，除了十九名分别属于七个小型政党之外，有一百八十三名属于执政的奥玛团结党，这一百八十三名议员归属于贾铁肩旗下的就有一百二十一名，其余六十二席才是王抗的班底；不料在创造党员集体退出之后，投下反对票的只有王抗派的六十二席；赞成《大统领任期法案》的如果只有贾派的一百二十一席，还不足以构成出席的三分之二多数；十九席小党联线全力支持才是法案通过的关键，显然这十九席已经在贾铁肩的秘密运作下呈现一面倒的结果。

这个法案针对王抗个人不言可喻，非但是贾派人马公然向大统领的权威提出对决式的挑衅，也暴露了奥玛团结党分裂的事实，名义上是党总理的王抗只获得六十二席的支持，而党的国会领袖贾铁肩却掌握了一百二十一席以及在野小党派的十九席，这种情况使得王抗进退失据，既无法欣然接受，也难有对策反制。王抗若将法案退回国会而国会再度通过，就必须选择解散国会并且承担接踵而来的政治风暴。

当天晚上，王抗的影像同步出现在所有的电视频道上，大统领的重要政治声明由全星 479 台现场转播。他穿着奥玛大统领的庄严礼服发表声明。

“亲爱的奥玛公民，为了建设安定繁荣的奥玛星，本座对于国会开明的决定感到欣慰，关于大统领的任期限制，显示了代表全星同胞利益和福祉的国会正努力为我们的政治竖立良性的体制。”

王抗举起双臂，胸前一排由各种合金片组合而成的彩色勋表在聚光灯前闪烁折射，他继续以肃穆的表情致辞：“但是，奥玛的公民们，你们同时必须拥有信心，信心是奥玛第九共和的不坏础石，只要你们拥有对于星球领导人的绝对信心，本星的经济奇迹和强大巩固的政治、军事实力才能在外星强权的阴影下不断成长茁壮。”

“因此，对于大统领任期的限制，本席绝无任何意见，本座也绝不会为了个人的利益而恋栈权位。”王抗握住右拳，在胸前有节奏地挥动，这是他的注册商标，“不过，基于全奥玛星的远大利益，的确需要一个强而有力、果断而智慧的领导者，我们不能用古老而过时的民主游戏来葬送整颗星球十六亿人口的幸福。”

“何况，”王抗摊开白晰的掌心，“这是一个草率而粗糙、程序有瑕疵的决议，任何涉及重大政治事务的决议不可能在短短一日的议程中，还没有充分讨论之前就遽然通过的道理。”

王抗把身体的重量放置在双臂上，搭着金色的桌沿，身体微微前倾，在家家户户视讯墙上都出现了王抗此刻的脸部特写：“更重要的是，这个法案没有在野第一大党创造党的参与，九十九名创造党议员抵制了这个法案，但是他们未投出的不同意票没有被计算在表格的比数中。”

“责任！”王抗挺胸抬手指天，“本座必须要求创造党的议员们履行奥玛公民所赋予的神圣责任，因为消极的抵制而造成错误的决策和法案，本座相信这绝非创造党的领袖沙库尔以及该党国会议员的本意。”

“本座郑重宣告，”王抗的声调低沉下来，“《大统领任期法案》将退还国会复议，并且依本大统领职权宣布国会休会三周，以便议员有时间反省他们的议决。同时，本座决定特赦所有锡利加教的暴行，并且释放囚禁在首都监狱的三千五百九十名该教派分子。本座将依照预定的时间表，在下周巡视旧大陆首府自由市，绝不受任何破坏性的政治因素干扰。”

“本座的一切决定，都是以奥玛星的前途为至高无上的目标，我们需要团结、安定、繁荣和进步，没有谁可以阻挠本座与各位公民的决心。”王抗停顿一会儿，疲累的眼睛眨了一眨，“对于锡利加教徒的特赦，也代表着本座对于宗教信仰的尊重，希望在这次特赦之后，所有的教派、所有的人种都能够理解本座的苦心，致力于奥玛星的公共建设。对于一个不在乎权位的大统领来说，最佳的回报就是你们的信心。”

“奥玛万岁！第九共和万岁！”说完，王抗深锁双眉的脸庞消失在画面中，取代的是全奥玛最著名的新闻评议员魏马博士，他的右眼被精巧的义眼取代，塞在眼眶中的人工视力器镜面，充满着焦灼不安的五彩光点，不断追随着他的思绪而挪动光点的组合。

“各位奥玛同胞，”魏马博士咧开厚唇，洁白的牙齿和他黝黑发亮的皮肤相映成趣，他努力眨动那只晶亮的左眼，提醒观众他依旧是个活生生的人类，“你们都听到了本星大统领的声明。”

“这项声明证实了一件事情，”魏马博士的义眼不断嘎嘎伸缩镜头，好像想要穿越摄影机，辨认观众是否集精聚神地聆听他的说辞，“大统领已经决定振兴奥玛星强人政治的悠久传统，自从前任大统领克里斯多娃卸职，三个奥玛年来我们第一次看到大统领展现如此具备个性的演说，虚心的大统领已经成为实心的大统领。”

魏马博士莞尔一笑，大概是对于自己的幽默感到自豪：“连喝了三个奥玛星的碳酸水，这回我们突然饱尝辛辣的本地龙舌兰了。”魏马轻咳一声，拉拉苏枋色夹杂冰绿条纹的衣领，“可是，国会里的议员会怎么想呢？”扮了一个鬼脸的魏马，义眼中的光点疾速排列组合，“我可以想象到贾铁肩议长的表情，他会说：‘鲜艳的颜色总是让我想到腐败前的水果和有毒的飞蛾。’我们知道……”

▽

沙德拿起遥控器，结束了视讯墙上魏马博士诙谐而富表情的政治评论。

“小丑，”沙德转头和他的贵宾说，“简直就是一个胡闹的脱口秀演员。你能够想象群众喜爱他的程度吗？”

“魏马博士这家伙，不正经在他身上反而变成了本钱。”半躺在虎皮沙发上的施施儿恹恹地说。

“不，我指的是王抗。”沙德的语气和缓，指涉却非常尖锐。

“嗯……”虎皮沙发上的星务卿为沙德的刻薄而睁大眼睛，“王抗个人是不是小丑，我想这涉及‘小丑’的定义；但是沙德阁下，请你考虑如何避免将这种修辞放置到现任奥玛大统领的身上。”

“认真地说，”沙德身上的咖啡已经凉了，他贪婪地喝了一口，“大统领是只怕烫的猫，他今天的表现像是被铁肩议长端来的那道汤烫伤了舌头。”

“否则我不会坐在这里了，副议长大人。”施施儿倾身，眼神凌厉，“为什么你突然决定创造党的议员集体退席，难道沙库尔决定和贾铁肩合作？”

“天空上已经有个克里斯多娃，大气层外的确不太适宜多加一座退职大统领的别墅。”沙德镇定地说，“不过，如果发射一个国会议长上去，我绝对没有意见。”

“话不能这么说。”施施儿摇头。

“贵党国会议员内讧，沙德本人可承担不起，这尤其不是创造党的问题，”沙德舔舔嘴唇，示意施施儿也尝尝咖啡，“星务卿你也晓得，真正决定创造党行动的人不是区区在下，我何德何能竟然劳动尊驾光临寒舍？”

“每一个智商一百以上的奥玛公民都知道沙库尔麾下的五大天王，”施施儿说，“沙库尔副统领，不，用阁下更熟悉的称呼，卢卡斯，是本星政治经济稳定的重要力量。爱莲祭司为他管教务，商界名流阿部信一其实是他的账房，旧大陆军团总司令可必思是他的军事后盾，旧大陆黑社会教父波哥负责情报，而沙德阁下你绝对是卢卡斯在政治上的智库和党务代言人。身为星务卿，我非常遗憾不能理解卢卡斯为什么离弃了副统领的职守。目前我不能得到他的亲自承诺，那么我必须得到你的支持，才可以保证政府的有效运作。”

“姑且不谈‘五大天王’之流的闲话，”沙德冷笑，“我已经习惯称呼他沙库尔，我们创造党的党魁沙库尔先生。你不会不理解把他从力王市的副统领办公室逼走的，不只是贾议长和贾敏将军的各种挑衅行动，也因为大统领和星务卿你本人的无所行动、坐视不顾。”

施施儿沉默不语。

“你说的爱莲祭司，在刚才大统领向全星宣布特赦以前还是一名通缉犯；阿部的名字被贾议长旗下的新大陆金融集团列为封杀的头号名单；可必思原本是新大陆军团总司令，被大统领降调到旧大陆军团之后，他能够掌握的兵权不及当年的五分之一；而波哥只不过是一个传说人物，谁也没见过他。至于沙德本人，”沙德用金匙子搅拌着不到半杯的褐色液体，响起叮当的节奏，“星务卿你可全看在眼底，沙德本人除了拒绝出席国会，纵容贵党人士践踏人民的公意之外，一无所用。”

“言重了，沙德阁下，”施施儿的耐心惊人，“三个奥玛年以前，我们两边的力量结盟在一起，才能顺利地完成政权的世代交替，也才有今天的第九共和。”

一个绑着白头巾、穿着嫩黄色连身裙的家政妇端着锡制餐盘走来，盘子上面摆放着细致的青花瓷仿古咖啡用具，家政妇布满皱纹和青筋的手掌灵巧地为贵宾换上热腾腾的新杯，又为主人添加咖啡。一阵香氛洋溢在典雅的会客厅中，除了显眼的虎皮沙发之外，典丽的家具以带着淡紫的藤灰色和浅粉红色为搭配，贞静地安置在芥子色的长毛地毯上，室内悬宕着一股沉稳、雅致、温馨而甜美的气氛，和沙德个人的冷峻锐利形成强烈的对比。

施施儿终于浅尝一口气味醇厚的咖啡，香氛直抵脑门。

年迈但是精干的家政妇露出满意的眼神，谦逊而满足地含笑退下。

相对地，坐在虎皮沙发上的两个谈判者，像是飘浮在另一个冱寒的世界中，彼此的兵器都想架上对方隐藏的要害。

“无论如何，暂时的误会必然拨云见日，”施施儿继续说，“沙德阁下，大统领旧大陆之行的主要目的你我心知肚明，我来这里，也是希望能够将大统领和星务院的心意事先传达给沙库尔副统领。”

“星务卿，”沙德拈着咖啡杯耳的手掌和家政妇的肌肤一样雕刻着岁月的痕迹，“你为什么拗折了自己的信念，继续为王抗护航呢？我早就了解你原本就反对大统领和我们这边结盟，你是一个不折不扣的现实主义者，也懂得这颗星球的三大势力必须保持某种对立的均势才能共存。当王抗脱离你的政治蓝图，准备再度和沙库尔联手铲除贾铁肩的力量时，他已经陷入一场零和游戏之中。”

“你对王抗有一份奇特的情感，”沙德安详地说，“我看得出来，那是一种近乎爱情的情感。”

施施儿脸色遽变，他可以感受到自己颜面肌肉全都冻结起来的紧绷感。

“我可以了解你仍然偏袒王抗的原因，”沙德微哂，“王抗是你的艺术品，曾经是；我得提醒你，现在，他不再是你的艺术品。”

施施儿不愧是施施儿，他不会轻易败在沙德的嘴下：“那么，沙德阁下，你和沙库尔之间，谁又是谁的艺术品？”

“你的逻辑有些女性化，”沙德吸吮咖啡杯缘，“沙库尔是一个完全不同的典型。”

“无论如何，我必须尊重大统领个人的意志，”施施儿说，“更重要的，这场零和游戏的主导权仍旧在他的手上，他选择谁，就会导致另一方的全面崩溃。你懂我的意思吗？大统领也可以选择贾铁肩。”

一个稚嫩的小孩从走道后摇摇摆摆走了出来，对着沙德喊着祖父，追到走道口的是一个棕发的阿利安裔少妇，她满怀愧疚地望向沙德。沙德向他的媳妇示意没事。

孩子走到施施儿面前，格格笑着，发音不清地喊着：“星务卿叔叔，星务卿叔叔……”

“我的孙子，他的父母休假，带着他来看我，”沙德解释，“这孩子一定老是在视讯墙看到你。”

施施儿把白手套脱卸下来，抱起三岁左右的孩子，明亮透彻如同蓝宝石的瞳孔感动了星务卿，那柔嫩、带着乳味的疏松发丝，以及白里透红的稚嫩手掌，散发出希望的光泽。

“我的祖先之一曾经说过，当时人们描写整个希腊和小亚细亚因为一颗苹果而陷落在火与剑的争执时，他们也同时了解，人类不会因为一场煽情的演讲就变成战技优良的斗士。”沙德对抱着孩子的施施儿说。

少妇含羞走出，接过施施儿手中的男孩。“失礼了。”少妇拥有醇美的音质，其实是一个大方、爽朗而美丽的女子，施施儿看着她走进弯道。

“如果你问那个准备拼命的武士，为什么让自己的生命和荣誉决定在剑与匕首的运气之前？他不可能不感到羞愧。”

沙德继续说：“虽然过去我们各事其主，但是有些理念是相通的。刚刚你说，王抗也可以选择贾铁肩，其实他早就没有选择的资格，当政治的生态平衡被破坏以后，没有底座的王抗将会从顶尖的位置坠落下来，跌得粉碎。”

施施儿抗辩：“大统领有外围军团的支持。”

“外围军团支持的是‘大统领’这个头衔，”沙德长叹，“你比谁都了解王抗的性格，他的性格使他失去选择的权力；但是，你还有选择或者被选择的机会。”

“沙德阁下，”施施儿感到一股寒气蹿入脊椎，“你的提议非常大胆。”

“星务卿也不过是一个头衔。”沙德说，“我已经很满意自己的生活了，我的根在奥玛，我会想到我的孙子的未来。如果沙库尔成为大统领，就算是他在明天继位，我也会嫌自己的年纪干星务卿的工作已经老迈。但是你仍然年轻，你可以跟沙库尔处得很好。将近四十年前我曾经是他的敌人，在一颗不起眼的星球一个不起眼的省份，那时我和当年的青年卢卡斯才刚刚接触政治；而你却可以和现在的卢卡斯共享未来岁月中的权力盛宴。”沙德说完，将他的背脊贴入柔软的沙发中。

“这算是保证吗？”施施儿的白手套掉落在芥子色的地毯上，他眼神凌厉地望着面前的老人。

“蒙田曾经说过：‘我们必须学会忍受我们不能规避的事物。’以前我还有一个老朋友，”沙德突然想到和蔼可亲的王帆远，三十年前他们一起从基尔星流亡到奥玛，不久王帆远就只身到新大陆南方隐居，再也没有音讯。沙德继续说，“那个老朋友告诉我一句华人古老的俗语：凤凰择良木而栖。过去地球曾经出现一个叫作拿破仑的帝王，他失败的时候，他的警政总长扶雪背弃了他。扶雪说：‘背弃拿破仑的不是我，而是滑铁卢！’”

施施儿没有回答。

沙德也不再说什么。

两人对望，谁也没有开口。漫长的一刻钟经过，施施儿站起来向沙德道别，沙德微微颔首，然后闭目养神，他听到星务卿带上房门的声音。

▽

三、二、一，跳！背后的教练大喊。

王抗纵身跳出舱门，他四肢如青蛙般滑动，因为奥玛的大气结构，旋晃的地景像压在一层绿玻璃之下，清晰又散发出奇妙的折射。跳伞的刺激非常短促，也非常强烈，王抗只有不到十九秒的时间尽情游走虚空之中，然后他必须拉开降落伞，徐徐缓缓飘落地面。

无关气力，无关肌肉，也无关体形，跳伞的神髓在于操纵自己躯体能力的展现。

“砰”一声，急坠的身形被撑开的伞往上逆向拔起，出现一种仿佛高潮的躯体感应；不同的是，性爱的高潮之后是急速萎缩的情绪，而开伞的高潮之后则是徐缓绽放的心智。

▽

贾铁肩的座车通过三道路障，跟着天空上飞机的方向行驶。议长命令司机打开车顶的方盖子，拿起电子望远镜，他看见飞机的腹部掉出一个黑点，十几秒后垂直坠落的黑点张开了长方形的彩色降落伞，摇摇晃晃地落下；贾铁肩按下确认键，镜头中的坐标锁定在黑点的头部，立即放大出王抗的脸庞。

▽

“喔？议长，你也想来玩玩？”王抗看见贾铁肩如同大企鹅般的身影逆光向他走来。

一群侍从正在帮大统领卸下伞包。

“大统领，自从您发表视讯演说之后，”贾铁肩气喘咻咻地说，“我怎么都和您联络不上。”

“我正在休假中。”王抗的视线转向草地的远方。

施施儿站在远方草地上，一双戴着白手套的手掌交叠在绀青色风衣前，显得格外雪白鲜亮。

“议长，”凝视着施施儿的王抗说，“也许你该和星务卿谈谈，如果你允许的话，我还想再跳一次，试试看你一定上瘾。”

不等贾铁肩开口，王抗跳上一辆迎面驶来的越野吉普后座，两个手持冲锋枪的贴身侍卫分别搭上车身两侧。他们直驶半公里外的停机坪。

▽

贾铁肩和施施儿并肩走在一起，整整矮了一个头的贾铁肩把沉重的电子望远镜挂在乳白色的礼服前，他仰着头说：“如果大统领取消旧大陆之行，我们可以商量修改《大统领任期法》的任期年限。”

施施儿没有反应，像是默然接受，又像是无言的拒绝。

“能够化解奥玛危机的，只剩下一个人，只有你说得动大统领。”贾铁肩停止脚步。

施施儿多走了一步，回身低头看着贾议长那副大企鹅般的身躯。

贾铁肩的声音沙哑而刺耳，像是垃圾搅拌器和废铁对抗的骚响："人人都知道沙库尔是个阴谋家，有关他的一切正是第九共和以及我们奥玛团结党的最大威胁，特赦锡利加教徒已经令我无法接受，更别说让大统领和他结盟了。"

飞机再度轰轰起飞，机身拔起时恰好将阴影笼罩在两人的四周。

"……"贾铁肩的声音被飞航的巨响遮蔽住了。

施施儿抬头，他知道王抗在机舱中。

"……无法忍受……战争的……"贾铁肩的声音起伏在飞机渐行渐远的噪音间。

飞机升空，盘旋着，机员和地面塔台联络着风速数据和相对位置的确认。事关大统领的安危，地面塔台的计算机源源输出各种自大气层外监视卫星传回的资料，这些资料也由地面塔台同步传送至飞机中的主电脑系统。

▽

"我了解了。"施施儿打断贾铁肩的话头，他什么也没听进去，他只是佯装倾听。

“你没有在听？”贾铁肩的脸色阴沉下来，“身为本星议长，我对你星务卿任内的表现一直感到遗憾，现在你失去最后的机会了。”

施施儿把那双戴着白手套的手插进敞开的风衣里，淡淡地说：“敬爱的议长，我接受你的指责；不过，如果你还有下一次参选机会的话，我希望你的选民不会对你任内的表现感到遗憾。”

▽

王抗从空中坠落。

坠落，朝向他统治的星球坠落。

他突然不想拉开他的伞，他想知道自己和自己的星球迎面相撞的结果，愚蠢的结果。

如果慢十秒呢？如果只慢五秒呢？在临界高度上王抗突发奇想，但是他及时拉开了伞，计算精准地拉开了伞，他的意识无法抗拒地接受强迫性的动作，一个简单的、拉开勾环的动作。

在临近地面之刻，王抗看见地面上凝缩成指甲大小的贾铁肩和施施儿默默分手，他们各自的方向在焦茶色的草坪上形成有趣的直角。然后，他突然发现自己悬浮在空中。

▽

悬浮在空中的王抗，觉得有什么错误发生在自己身上。

一个说不出、听不到、看不见也摸不着的错误发生在自己身上，这是人间最恐怖的事情。

他克服了对克立灵的依赖，克服了失去母亲的痛苦，克服了面临死亡和杀戮的恐惧，克服了口吃和频尿的自卑，克服了对于自己性能力的怀疑，克服了贫穷和卑贱的屈辱，克服了铲除王帆远和克里斯多娃的内疚，克服了施施儿的魅惑，克服了惧高症的磨难。

王抗克服了一切，也将克服迎面而来的一切。

但是，有什么根本性的错误正发生在自己身上。

他的皮靴滑动在焦茶色的草皮上，划开缠满乌贼草根的泥土。

一群侍卫即刻簇拥而来，为他脱卸装备。

王抗极目四望，贾铁肩和施施儿都已经消失。

一群奥玛蝶不知从何处窜出，源源不绝地撒布在翡翠绿的天空间。

眼前的景物历历在目；但是，王抗突然觉得自己什么都看不见了。

时间龙

背对无垠的星空，

忘记了自己的姓名。

向地面坠落的男人，

他看见迎面而来的整座星球，

地图中的细节不断展现放大。

选择坠落的方式和姿态，

选择坠落的时间和地点，

选择本身是一种最低限度的幸福。

面对死亡的霎时，

生命的意义沿着星球表面的弧度

飞腾扩张……

一个人的生命以及无数人的生命

在面对死亡的霎时融为一体。

微尘般的星云，
悬浮在失去光热的黑暗中。
撞击前的刹那，
无限扩大的瞳孔，
流释整个宇宙的哀愁……

奥玛星力王市郊巨蛋星际中心旁一栋二十层楼高的紫色建筑，这是一栋防卫森严的某机构所在地，虽然没有挂上机关牌匾，但是只要稍微了解奥玛政情的，人人都知道那是闻名遐迩的特务机关“奥玛中央档案局”的所在地。

除了少数权力核心分子之外，没有人知道局长罗哥的长相。在克里斯多娃时代他只向大统领一个人负责，在王抗执政之后，罗哥似乎只对自己一个人负责。王抗曾经向星务卿施施儿抱怨了很多次，即使谋略如施施儿也对罗哥无可奈何，他在星务院成立了自己的情报单位：星务院调查室，除此之外施施儿别无他法，因为所有的官员都拒绝接替罗哥的局长位置，人人都怕罗哥，连施施儿也不例外。

于是，中央档案局成为一个完全“自治”的单位，据说全奥玛星只有旧大陆的黑社会头儿波哥可以在情报上与罗哥一较长短；罗哥又何尝不是一个君临黑暗的超级教父，控制着新大陆的情报世界。他常常主动提供情报给不同的政府部门，也接受不同政府部门所委托的案件，一切业务都以那栋紫色建筑为枢纽，罗哥自己从来不曾踏出建筑一步。

很多人谣传罗哥只是一部大型电脑，根本不是有机体。而且这个谣言被广泛流传，包括力王市的很多基层政府官员都深信不疑；罗哥只是一部控制全星资讯网的巨大机器而已。

那栋紫色的建筑没有采取传统奥玛建筑的波浪壁格局，简单地说，建筑的外观就像是一球嵌满了葡萄干的芋头冰淇淋，坐落在力王巨蛋的旁边；就比例而言，中央档案局如是一球芋头冰淇淋，那么银光闪闪的力王巨蛋就是一颗半埋在地面的恐鹤蛋【一种和地球鸵鸟体型相同的奥玛特有种无翅鸟类】。

的确，中央档案局拥有一部连通全星各政府单位的超级电脑，不过罗哥确有其人，他直接在自己的办公室发号施令。那部超级电脑以及罗哥本人的办公室都不在紫色建筑中，而在力王巨蛋的地底四层以下的秘密空间。

力王市的巨蛋星际竞技中心是地球联邦、新丽姬亚帝国和十九个独立星举办星际奥运的固定场地，只有在这座巨蛋之中，一切政治的轇轕都被运动员抛诸脑后，各星人种以他们躯体的能量在公平的游戏规则下进行竞争。因此，这座巨蛋也被称为“宇宙精神圣地”。中央档案局的真正本部就建立在力王巨蛋正下方的地下五至十层，包括第五层的特派员集训中心、第六层的特别侦讯中心、第七层的主电脑档案中心、第八层的行政中心以及第九至第十层的局长个人活动空间。

那一球芋头冰淇淋般的紫色建筑，只是一个联络中心兼“地下巨蛋”的出入口而已。

罗哥最重要的嗜好是吃恐鹤肉，每餐他都必须吃二十只活的恐鹤和三大桶“奥玛同志鸡尾酒”。因为紫色建筑的九百名资讯管理员和“地下巨蛋”的三千名员工每日都需要一列大车队的食品补给，很少人注意到有一个货柜车的食物是固定专供局长享用的。

▽

贾铁肩的座车通过警哨，进入紫色建筑的地下车道，经过一阵盘旋，穿越禁入区的磁障，滑入一个黄色闸门前，司机启动密码机，闸门的辨识装置出现一排闪烁的彩色几何符号，复瓣型的闸门即刻裂开，如同巨虫腹部的露草色环型车道呈现眼前。这条鲜亮的地下车道通向“力王巨蛋”下方的神秘单位。

▽

“力王巨蛋”地下九层，罗哥的会客厅。

会客厅非常宽广，不规则状的墙壁由镂刻着细密符号的合金板拼贴而成，那些以几何图形嵌合而成的符号是坌星的千瞳族文字，由于千瞳族的数量稀少，可说是一种非常冷僻的异体字形。

在那些单调而冷酷的符号墙壁之前，摆满了罗哥苦心搜集的各种大型动物标本，包括了地球最后一只中华鲟、曙星绝种的人面龟、猎龙星的廿九种直立虎……最显眼的则是奥玛南路西海特产的时间龙，据说目前存活的数量已经不到三十只。

传说中的色色加能够驾驭时间龙，他统治陆上的人类，也统治海中的龙。

时间龙的标本横亘了将近四十五公尺的长度，这还是因为标本制造者刻意将它的躯体以波浪形的姿态固定下来，如果将那具标本拉开，可以长达两百多公尺。这头时间龙保存得非常良好，八十对肉鳍整整齐齐支撑着盘缠的龙身，它的头部像是火鹤头部的放大，最奇异的地方在于额顶一排深紫色的肉瘤，俗称为龙珠。

时间龙全身盘滚着银灰、焦茶与肉桂色交间的三色斜纹，粗大的鳞片浮泛着轻金属的光泽。这奇异而妖娆的躯干却抵不上那排深紫色肉瘤所绽放的光芒；紫色有千万种微细的差异，但是谁也无法以言语来说明龙珠那幻美炫惑的色泽。

每一颗龙珠都是价值连城的珍宝。经过二十个奥玛年，时间龙的额顶才会多生出一颗成熟的龙珠；而罗哥拥有的这只时间龙，在额顶嵌镶了三十三颗迸现光华的龙珠，颗颗都有人类拳头大小，颗颗都仿佛凝聚、吸收了整座海洋的深紫色光泽，抑止不住地流泄海水般的幻觉。

这只时间龙曾经是色色加的坐骑吗？

站在这些珍奇的标本围绕的大厅中，会有一股奇特的阴寒感受，甚至会错觉自己进入了被异兽包围的恐怖情境，总觉得那些死亡的躯体并没有死亡，它们的眼珠正渐渐转动，它们的器官正渐渐苏醒……

贾铁肩走进来的时候，同时在怪兽林立的背景间环视来客，背后的磁场门嗡嗡合闭之前，精明的议长已经看清楚室内散布的来宾。

除了穿着绯褪色制服的侍者和罗哥安排的美貌女郎不断穿梭往来之外，这场由罗哥当东道主的秘密鸡尾酒会并不算冷清。中央档案局内部的七个一级主管都在场中，贾系的议员出席了不少，个个怀抱美女互相举杯。首都卫戍团的总指挥贾敏将军看见贾铁肩，即刻抛下身旁两个红发美女，急步走上前来。在大厅一个角落，十七个老迈的旧贵族正在争辩着市郊一块土地的产权纠纷，克里斯多娃时代的星务卿巴勃拉夫斯基顶着闪耀的金色假发和一个大胸脯的女伯爵在探戈音乐的节奏下搔首弄姿地舞蹈。属于贾铁肩一系的四名内阁部长到了三名，缺席的卫生福利部长万宁已经倒向了施施儿的阵营。数量最多的是旧贵族和克里斯多娃的残党，他们多半没有见过罗哥的真面目，因此显得异常兴奋，不断猜测议论着……

为了穿越一群谄媚成性的贾系官僚，贾敏花费一小阵工夫才横越宽广的大厅。

“叔叔，”贾敏热切地招呼议长，“大家都在等您。”

叔侄二人并肩走在大厅上，侍者端来一盘各色酒品，贾铁肩挑了一杯纯白兰地。旧贵族都游走到他身边举杯为礼，贾铁肩挪动着企鹅般的躯体倨傲地点头。

“全力王市的失意政客都到齐了，那团肉块怎么不见踪影？”贾铁肩指的是罗哥。

贾敏耸耸肩，他的身材属于高头大马的多血型，穿上铁灰色的军服显得格外称头。

“明天王抗就要出发到旧大陆去了，”贾敏弓身和他的叔叔说，“我已经下令卫戍团全天候第一级警戒待命。”

“不要打草惊蛇！”贾铁肩仰头，面带怒容，“一定要非常小心。”

“我用演习的名义，”贾敏胸有成竹，“何况施施儿相信他已经把我买下来了。”

“太明目张胆！”贾铁肩说，“谁不晓得‘演习’在这时候代表什么意义？别忘记，那个不男不女的施施儿还留在力王市。”

一道金紫色的光柱自大厅上方滑落。

庞然巨物般的罗哥局长连带他的圆盘形座椅缓缓降落在大厅的中央，立即成为全场视觉的焦点。

“受敬爱的贾铁肩议长、贾敏将军，以及各位贵宾，欢迎你们参加罗哥的鸡尾酒会。”

罗哥的声音十分奇诡，像是大厅中所有标本登时清醒过来同步发出嗥啸的和声，令人产生一种听到猫爪搔刮牛骨的悚然感觉。

罗哥的躯体犹如无数赘疣叠积而成的一团肉球，一层七彩疥癣铺在他的皮肤上；当他说话的时候，全身涌现一坨坨膨胀的气泡，九颗人类颜面大小的眼珠在他的赘疣间垂直睁开，哔剥哔剥地三百六十度转动着。

赭红色的触须从他的背部一道道升出，像是愤怒的、被图案化的火焰痕迹。触须伸长，在侍者的酒盘上挑拣了朱红色的“地下司令”【按：鸡尾酒名称】，高高举起，他的九颗眼珠也同时剥离丑恶的身躯，瞬间分散到大厅的不同角落。

前星务卿巴勃拉夫斯基舍下女伯爵，正打算移动到贾氏叔侄身旁，却被一枚眼珠挡住去路；巴勃拉夫斯基尴尬地扯下假发，躬身为礼。

另一枚眼珠飞旋至贾铁肩和贾敏的面前，焦茶色的瞳孔一缩一胀，贾铁肩叔侄面对着大瞳孔举杯示意。

“我是罗哥，”罗哥的声调和冷寂的金属墙相映成趣，回音缭戾，“罗哥向大家致敬！”

场内一片回应之声，场面被怪模怪样的主人撩拨起来。

“在罗哥的空间中，”罗哥的九枚瞳孔到处飞窜，他兴奋地鼓舞来宾，“女人和食物都可以尽情享用。”

一阵鼓掌声，有人已经禁不住把女侍压倒在柔软的地毯上，将肢体缠抱在一起……

▽

狂欢而淫乱的宴会如火如荼地进行。

罗哥乘坐他的飞盘转到一扇金属屏风后的通道，在迷宫般的岔路间，进入一间以磁障为门户的密室，跟着进入的有五个人：贾铁肩议长和贾敏将军叔侄、前星务卿巴勃拉夫斯基、旧贵族红派领袖大胸脯的巴甫洛娃女伯爵、旧贵族白派龙头蛤利公爵。

罗哥留了三颗眼珠在宴会现场，观看那些在“爱气”喷放后沉醉于酒池肉林的阁员、议员和贵族们。

他剩下的六颗眼珠嵌在肉团中，滴溜溜地注视走进密室的五个男女。

“欢迎来到罗哥的密室。”

罗哥张开一排摇晃的触须示意他们就座。

女伯爵巴甫洛娃是唯一受不了罗哥吞食美女那一套血腥把戏的一位。

她用一条紫罗兰色的丝巾掩住口鼻，碧绿色的眼珠带着些微的不安以及强烈的鄙恶。更掩藏不住的是她眼角的鱼尾纹，岁月的侵蚀总是不知不觉地爬上了女人的面颊。

蛤利公爵温文儒雅地坐上高背椅，淡绿色的头发已经退到耳角，光亮的头颅用保养液仔细地按摩过，自从王抗下令停止全星贵族的月俸并废除国会中的贵族院之后，这是蛤利公爵仍然无法放弃的基本嗜好。

旧贵族的红、白两派各有不同的政治主张。红派以“新贵族联线”为代表，拥护克里斯多娃复位；白派则信奉现实主义，支持贾铁肩主政。两派唯一共同的主张是恢复贵族院以及贵族的俸禄制度。在这个前提下，两派人马都在贾铁肩的号召下整合起来。虽然在实际政治层面旧贵族已无置喙余地，但是他们占据了大力王市都会区百分之七点五的地产，整个新大陆则有百分之十的土地集中在旧贵族阶级的名下，这股庞大的经济实力已经因为他们颓靡的生活积习而日逐萎缩【按：三个奥玛年以前奥玛贵族所控制的土地总面积占新大陆土地的百分之二十七】。他们失去了政治靠山以后，即刻在平民资本家的陷阱下不断赔出土地和祖产。尽管如此，对于贾议长而言，他们依旧拥有政治和经济上的“剩余价值”。

贾铁肩清清喉咙：“各位，推翻小白脸政府，彻底解放奥玛的时机已经到了。”他望向罗哥，“当然，我们必须要谨慎而准确地利用现有的情势。”

罗哥剩下的六枚瞳孔焕发七彩的光晕，他全身的肉瘤发胀，充气的皮囊一球一球凸露在丑恶的躯干外。

“罗哥可以有效控制首都和新大陆北方所有的通讯网络和军事密码，”罗哥自豪的时候，眼珠便不停转动，“这表示，即使首都外围区域的军团首长不愿意支持罗哥企划的行动，罗哥也照样可以操纵他们所有的地面攻击设施和武装部队的调动。”

贾铁肩满意地点头：“只要罗哥局长支持，瘸他的我们可以直接通过电脑系统启动新大陆的星际控射武器，在星战级的武力前，沙库尔和他的旧大陆军团根本不堪一击。”

“不错，”前星务卿巴勃拉夫斯基插嘴，“我们只要团结起来，沙库尔就只剩下两条路，一条路是支持我们的行动，另一条路就是等待我们一举摧毁他在旧大陆的老巢。”

罗哥的眼珠转动得更快、色泽变换得更急遽，但是他诡异的腔调还是保持着沉稳的节奏：“罗哥的计算从来不出差错，罗哥喜欢效率，你们的行动一定要根据今天的会议内容。”

“由我来分配任务，”酝酿政变的主谋贾铁肩意兴遄飞地站了起来，“王抗抵达自由市前的三刻钟，所有行动同步进行。”

“罗哥局长，你负责扰乱力王市外围五大军团内部的联络网，并且切断旧大陆和新大陆之间的一切通讯和交通，直接接管新大陆北方的十七个星际攻击系统。”

贾铁肩接着注视贾敏：“贾敏将军，你将成为新政府的军事领导者，但是你的任务比较复杂也比较实际。首先你必须下令首都卫戍团攻占星务院、大统领府以及警政总署，并且接收所有警力，”贾铁肩从黑色燕尾服的内袋掏出一张准备好的名单交给贾敏，“包括星务卿施施儿、副议长沙德以及王抗旗下的各部会首长，这份三百二十七人的名单是我们第一批逮捕的对象。除了沙德之外，凡是抗拒者，当场格杀勿论。”

留下沙德，自然是对沙库尔留一手。然后，贾铁肩的视线转向因为长期抑郁而脸色灰暗的前星务卿，他曾经是闻名星际的外交奇才。

“巴勃拉夫斯基，你在国会大楼和我会合，我将被议员们推举为奥玛第十共和临时大统领，而你会被我任命为临时星务卿，即刻就得主持记者会，发布大统领王抗意图推翻议会制度而受到全民唾弃的事实，并向各星系发出新政府成立以及维持中立政权的不结盟宣告。”贾铁肩摇摆着他笨拙的身躯，巴勃拉夫斯基只是一味点头。

“同时，”贾铁肩指着蛤利公爵，“希望蛤利公爵能够率领全星贵族及工商业代表向全星民众宣誓支持新政府的成立，并且谴责前大统领王抗贪污窃国的罪行。我们必须立即安定民心，在各军团混乱一片时完成政权转移的工作，那些军头自然懂得苗头，等他们承认新政府之后，再一个一个把他们个别击破，抽换成我们自己的人马。”

蛤利公爵完全没有异议，他的心情和巴勃拉夫斯基非常接近，这是败部复活的契机，而这个契机是拜贾铁肩的恩赐。对于贾铁肩的任何指示，他们无不唯唯诺诺。

“这次政变的理由很简单，王抗将依叛国罪被起诉。就这些，”贾铁肩摊开双手，“罗哥局长，有什么需要补充的地方？”

“罗哥没有不必要的看法。”罗哥干脆地回答。

“贾议长，”巴甫洛娃扯下脸上的丝巾站起，她的大胸脯在低胸礼服间猛烈摇晃，这次是因为愤怒而不是调情，“首先我要郑重警告你，那个老秃贼，”她指着蛤利公爵的头顶，“不能代表我们贵族阶级。你把我们红派贵族不看在眼底，还想背叛克里斯多娃大统领。我们红派贵族支持你这只丑陋的老企鹅，只是希望你能够帮助克里斯多娃大统领复位，现在你撕毁自己当初信誓旦旦的承诺，暴露了无耻的野心，今天老娘坐在这里，就容不得你倒行逆施！”

“以前，贵族阶级分成红派和白派，”贾铁肩舞动双臂，滑稽的动作更证明了他真像一只企鹅，“今天请巴甫洛娃伯爵到场，也就是希望能够化解这种不必要的分裂，本座就任以后，保证可以恢复贵族院和月俸制度。”

“巴甫洛娃家的字典里没有‘妥协’这个词汇！”巴甫洛娃泼辣地指着贾铁肩的鼻尖，“老娘所以组成‘新贵族联线’，不但要对付王抗那个无耻的面首，也不会放过你这种叛徒！”

贾铁肩无奈地转头看罗哥。

罗哥的六颗眼球突然弹射出来，环绕着巴甫洛娃惊怖的面容，一道赤红色的触须突然盘住巴甫洛娃纤细的蜂腰，慌张的女伯爵来不及尖叫，她的头颅就被吸进了罗哥的口器里，接着是肩膀，那对丰腴的乳房随着抽搐的躯体迸出低胸礼服，剧烈地抖颤着，深咖啡色的乳头急着要逃脱现场一般上下弹动，她的四肢无能地滑动着，橙色的礼服到处是开裂口。

罗哥窄狭的口器一吸，就吸入女人腰部以上的躯干，巴甫洛娃的两条腿不自主地踢向虚空，黑色的丝袜下包裹的性感区域仿佛露出巴甫洛娃腐烂的脸庞无助哭号，接着，整个女人都滑进口器的腔道中，剩下一对金色的高跟鞋铿锵跌落。

为了礼貌，罗哥憋住气没有吐出一蓬血雾，以免弄脏了议长的燕尾服。显然，巴甫洛娃不合他的胃口，那六颗悬浮半空中的眼珠都缩紧了瞳孔，罗哥的胴体也忽大忽小痉挛了一阵子，彩色的鳞疥散扬在他的底座周围。

蛤利公爵的白脸变成青脸；巴勃拉夫斯基则握紧拳头、仿佛鲠到鱼刺般干咳着；贾敏沉着地舔着干涸的酒杯；而贾铁肩却涨红着脸兴奋得嘎嘎大笑。

贾铁肩喘着气说："现在没有红、白派的问题存在了，在新共和体制下，每个阶级的利益都是以团结为前提。"

"罗哥为大家解决了第一个问题，"罗哥似乎也回过气来，"这个问题却让罗哥消化不良，你们先回到宴会场上，罗哥的另外三只眼睛在那里招待你们。"

贾铁肩和其他三人鱼贯步出密室，每一个人的表情都不一样，但是他们的命运将会是一样的。

▽

当密室的磁障再度合拢，罗哥的六颗眼睛也回到那个臃肿得像一座小山的躯体上。

密室里的一片合金壁沙沙开启，里面走出一个黑影。

“沙德阁下，”罗哥说，“他们的计划你都听见了吧。”

沙德沉默地坐上贾铁肩刚才的位置。

▽

在克里斯多娃统治时代的中期成立了“奥玛中央档案局”，并且任命了罗哥为“奥玛中央档案局”的局长。

罗哥是坌星的千瞳族人。因为坌星的质量巨大，千瞳族的躯干和器官在漫长的时间中进化成笨重但是实用的面貌。千瞳族的眼睛和时间龙的龙珠恰好成为有趣的对比，时间龙活得越长，额顶上的宝珠便越多，而千瞳族在成长过程中眼珠的数目会逐渐减少，自幼年期的千目到成年期的十目，然后在衰老的过程中不断丧失眼睛的功能，全盲的千瞳族人也就是一个僵毙的千瞳族人。

千瞳族的数量非常稀少，也曾经因为怪异的长相被异星人视为低等的兽类。事实上他们建立了全宇宙最复杂的文字系统，他们的神经系统进化时着重在可以“无线遥控”的感应式眼球，因而思考速度逊于一般人类，但是却拥有同时处理多种资讯的神奇能力。

坌星在三千个地球纪元以前已经成为一颗荒废的星球，失去食物的千瞳族成群死亡，除了少数有能力移居外星者，千瞳族等于是在坌星灭种了。其他的千瞳族大部分都死于环境适应不良以及各种不明原因，奥玛星可能是唯一可以居住的星球，但是罗哥一族不能接受大气中 K 辐射的照射，而且他们的体积增加了三倍，形成目前的怪模怪样。

事实上，在克里斯多娃任命罗哥为局长的同时，她也同时机密地任命沙库尔旗下第一大将沙德担任为档案局的最高总督长，换言之，在神秘的罗哥背后，沙德是档案局真正的负责人，这个秘密知道的不超过四个人，包括沙德、罗哥、克里斯多娃，最后一个人是沙库尔。是沙库尔拯救了垂死中的罗哥和波哥兄弟；沙库尔买下一座南方的矿山时，在一个人工洞穴中发现了这对即将因为饥饿而死的神奇怪物。

▽

施施儿做了一个梦。

他梦见天空的伊莲虫不断增殖，然后分解为丰厚的彩色气层，阳光的辐射穿越那层充满音乐的气层之后再也脱离不了奥玛星，在云雾和大气之间不断折射，地表的温度不断升高，他的秘书冲进办公室，对他大吼："星务卿，我们的气候产生剧变，街道上的温度升高到一千一百华氏度了……"说完，秘书全身着火，成为一具黑色的干尸倒在施施儿面前。

这是梦。施施儿在梦中微笑，他知道这只是一场梦，而且他并不打算立刻醒来。对自己的梦产生好奇也必须拥有相当的勇气。

施施儿打开百叶窗，他看见力王市的建筑一座座都被强烈的温度烤得焦赤欲裂，大气的密度不断升高，比正常的奥玛大气升高了一百多倍，施施儿发现他的视线在大气的变异中产生了"超曲折性"，他可以在高密度的空气中将视野沿着星球的表面推展，这是一种奇观式的弧度进行，而不是直线进行。

这是梦。施施儿却笑不出来了。

他看见旧大陆、新大陆，以及汹涌的路西海和涅盘海，整个星球的表面像是被强风翻开的一支雨伞，力王市是原来伞的顶尖，现在却成为一只巨大的碗的底部，碗口被星球表面包围的浓厚云层……

这不是奥玛，这是活生生的地狱。

然后施施儿醒过来，在他自己的办公室中醒来。

他走到窗前，百叶窗在细琐的声响下自动调整那些整洁白色烤漆叶片，窗外的力王市如同往昔一样，到处都是一片灯光交织的蜃影，天空中伊莲虫在漆黑的云层间巡弋，虹色的闪电时现时隐，这座在漫漫长夜中保持微醺气氛的城市仍然展示着妖娆而冷漠的姿态。

天亮的时候，大统领就要启程了。

▽

自噩梦醒过来以后就没有合过眼的施施儿一点也不感到疲惫，但是那对布满血丝的眼睛却说明了他的体能已经达到临界点的边缘。

由于施施儿的坚持，王抗决定放弃搭乘色色加越洋地铁，而采取空中航道。尽管专机和随行的武装护航机群将以四马赫的速度飞行，但是比起九十五分钟的地铁旅途将会多出五个小时航行的时间。

色色加越洋地铁的封闭性以及终点站多巴哥车站具备难以防卫的复杂出入空间，是施施儿主张采取空道的主要理由；在区分为三个临时编组的十八架全天候战斗机以及一地面攻击中队的护送下，王抗的大统领座机将会得到最严密的保护。

“一切顺利，”施施儿在微风中为大统领送行，“别忘记，您背负着许多人的希望。”

王抗脸色和煦，他向施施儿伸出青筋浮露的手掌，施施儿脱下白手套，两只右掌紧紧地贴合。

“你的手心流汗了？”大统领笑道，“就在你的眼睛中，我看到奥玛光明的未来。”

王抗身旁是内阁唯一的丽姬亚裔奥玛人内政总长赫明以及具备原住民血统的文化总长庸露。蓝皮肤的赫明和全身长满甲壳的蟹形人庸露也上前和星务卿致意。

带领着八十五个随员的大统领进入座机腹部下的升降光束，这架被命名为“时间龙号”的星表客运机通体橙黄，在尾翼上，代表王抗的斜箭徽记，绿底白线，异常醒目。

“不要去自由市！”施施儿的内心狂喊，他推开簇拥而上的记者们，“时间龙号”那橙黄色的机身已经开始挪动……

庞大的机群接着陆续升起，迅速化为一群黑点。

▽

王抗赤裸着胴体，俯卧在铺上绒毯的卧榻上，一个娇美而体态匀称结实的黑种女人骑跨在他的臀部，十指有节奏地沿着他的脊椎周围按摩。王抗清晰地察觉那些绷紧的肌肉逐渐在酸麻感中松弛、舒张，气血绵贯，暖意浮升。

卧榻旁有一座精工雕饰的吧台，从官邸带出来的大厨康旻思既是可以完全信任的心腹，也是调酒圣手，在“时间龙号”里客串起大统领的随身酒保。

一对孪生的美女穿着空姐制服，将餐车推进特舱的角落，动作轻灵地将水果和糕点摆在卧榻旁伸手可及的矮几上，然后退立一旁。

侍从官坐在特舱前方的视讯机组前，全息显示“时间龙号”以及护卫机队的相对位置，一个二百寸的荧幕则播放出机身下的星表景观。

跟随指压师的动作，王抗闭目感受自己肉体中血脉舒缓的流程，属于自己又无法目视的内在构造，艳红的血液涌入心脏，然后在那充满力量的平滑肌的压缩下，注入色彩妍丽的血管……他的思考进入自己的小宇宙中，平静地“发现”那些壮观瑰玮的人体组织。

“时间龙号”是克里斯多娃时代定制的最后一架大统领星表巡弋座机，那个强悍的女人根本没有机会乘坐这架由王抗亲自布置内舱的座机就被送上了外太空。三个奥玛年以来，王抗也从来不曾搭乘这架为大统领身份设计的奢华飞行器。

克里斯多娃的躯体犹如一个姣好的少妇。但是，那起伏有致的身材和圆润饱满的脸庞尽管曲线玲珑，每一道曲柔都是用钢一般的流线设计出来的。

跳双人舞的时候，男性的角色和女性的角色并不是按照原始的性别而决定，乃是按照舞姿以及意志的性别予以决定，女人也可以踩踏男性的脚步，男人也可以化身女性接受强而有力的臂弯的引导。

探戈是证明男性力量的试金石，只有强而有力的男性、强而有力的臂弯才能统御一个亦步亦趋的女性……

女按摩师穿着两截式的衬衣，自黑皮肤间渗出的体温经由她的胯间和大腿内侧擦抚在王抗的臀部上。肉体放松之后，奇妙的欲念流转在王抗的躯体内……

的确，只有强而有力的臂弯才能将女性的躯体引带到完全融入节奏的境界。真正的舞蹈不是套好花招的表演，而是在音乐和性的魅惑下逐步征服对方的肢体语言。就像是克里斯多娃征服王抗，就像王抗征服施施儿。

在某一个瞬间，在一场淫荡的探戈中途，男性与女性的地位互换了。王抗如此反过来征服了他的征服者克里斯多娃，他听到了那女人内在尊严崩溃的声音，一座水晶宫殿瞬间坍塌的奇妙灾祸……

一股强烈的欲望蔓延腔肠，王抗在温柔的胯下翻转身躯，撕开女按摩师的衬裤，紧绷的黑色腹肌闪闪发亮。维持着骑跨姿势的黑女孩知道即将发生的事情，她没有逃避，因为她无从逃避，只能睁大眼睛俯视着她胯下的大统领，在侍从们众目睽睽下，坚实地侵入自己那晶亮黝黑的躯体。

▽

母亲、克里斯多娃、黑色的女郎、背部酸麻的穴道、死尸的弹孔、飞翔、坠落、浊重的喘息、雷鸣般的幻听、娇柔的低吟、高潮。高潮之后，是死亡的拟态。

“时间龙号”的倒影滑翔在路西海起伏的浪痕上。

▽

从白昼跨向黑夜。

醒来又沉沉睡去，王抗一度以为他回到童年，回到北上的列车中，正在无数丑恶的涂鸦间艰困地寻找自己的未来。

他挣扎起来，一口饮尽第三杯酒。

“马上就可以看到陆地了。”侍从官回头报告。

王抗披上睡袍，坐在吧台旁的大型沙发。

“降落前半小时别忘了通知我换装。”王抗指示。

▽

自由市的夜景璀璨光华。

市郊的奈布露莎机场灯火通明，笔直通向市区的驰道像是一条炽热的钢管。在空中鸟瞰，自由市和周边的卫星城排列成组合规整、轮廓清晰的几何图形，光点由疏而密，渐渐凝聚在城市的中心地带。

为了迎接王抗，市中心夹道都是列队的学生，他们在两个小时以前就列队站在街道两侧，烦躁不安地左右张望，有的窃窃私语，有的彼此推挤，但是没有太大的骚动出现，因为他们都不愿意弄脏那些代表校誉的制服。

站在第一排的孩子们都拿着绿底白纹的奥玛星政府旗帜，他们被教导如何在大统领座车通过时以整齐划一的动作向元首致敬，至于教导他们的那些教师则在队伍后控制着脆弱的秩序。

十二万学童不安地伫立在他们被指定的位置上，路上不时穿梭各种宪警的车队，常常引起孩子们的错觉，以为大统领已经驾临了他们面前的街道而产生一波又一波的惊喜，那表示他们即将可以脱离无形的牢笼。

▽

卢卡斯在扈从的簇拥下进入包厢之中，他坐上柔软的沙发，阿部信一和东道主包希亚星人布葛布痴分别落座他的左右。

“沙库尔大人，”租下包厢的布葛布痴咧开那张纵向裂开的嘴巴，以包希亚星人惯有的阴平语调说，“您该听我的意见，‘赤发鬼’的胜算高。”

卢卡斯微笑，摘下墨镜：“我下注只凭灵感，赌赌运气罢了。”他优雅地点烟，红色的火星麇集在黑色纸烟的末端，“我对包希亚人比较有信心。”接着他在面前的键盘按下号码。

“非常有趣，”布葛布痴说，“沙库尔您支持包希亚星的‘猬龙’，而我却选择了地球来的‘赤发鬼’。”

卢卡斯键入一串数字：“布葛布痴，你还有时间考虑要不要支持你的同胞。赌‘猬龙’胜的赔率是一比十三。”

“阿部先生，”布葛布痴隔着卢卡斯招呼沉默的日裔财阀，“你押哪一边？”

阿部仿佛自瞌睡中被雷声震醒，他轻微一震，自缥缈的杂念中回过神来：“我对搏击的兴趣比下注的兴趣高，布葛布痴阁下；何况我还没有真正进入状况，对于选手的背景资料完全不熟悉。”

“阿部就是这么严肃，”卢卡斯对布葛布痴说，“他的心中永远抓牢了成本的概念。”

阿部目不转睛地盯着包厢下的竞技场，什么也没有说。自从卢卡斯揭发了地球联邦用安娜来胁迫他的事情，阿部就处于心神不宁的状态中，他总觉得卢卡斯无时无刻不窥探着他。宽恕是人类最伟大也最愚蠢的美德，卢卡斯宽恕了阿部。

不，阿部知道，如果卢卡斯真的宽恕了自己就会亲手扣下扳机；卢卡斯没有杀他，没有把事实告诉任何人，这表示卢卡斯正用另一种方式惩治他。

阿部开始失眠，开始怀疑身旁的一切事情，他相信四周到处都是波哥安排的眼线和陷阱，他进入一个没有围墙、没有边界也没有刑期的牢狱中。更可怕的是，自己明明知道安娜早已不在人世，但是他却又希望出现不可能的奇迹。

当阿部得到地球联邦方面暗示安娜在他们手上时，他就像是一只扑向火炬的飞蛾，他很清楚自己的后果，那是一次痛快的焚烧和毁灭。当卢卡斯知道了以后，阿部却成为一只想追求毁灭，但是被一道玻璃横隔在眼前的飞蛾，他不再可能死于焚烧，而是在玻璃的这一边撞得遍地磷粉，直到全身僵硬，震动着残破的翅翼静静死亡。这整个程序将蔓延他的一生，无法自拔地被卢卡斯为他竖立的那道看不见的玻璃摧残至死。

卢卡斯仍然那么和善地把阿部当成亲密的伙伴，卢卡斯是一个可怕的人物。阿部心想：如果把卢卡斯放在唐光荣的位置上，地球联邦将有可能击败新丽姬亚帝国；但是卢卡斯所拥有的资源和唐光荣所拥有的资源比较起来却像是微尘一般。

真正的悲哀在于阿部自己正被锁困在这微尘之中。

▽

王抗在机舱中准备着落地时带给旧大陆民众的形象，他有些不悦地卸下一套橄榄色的礼服，因为酒保的微笑有些勉强。

然后他凝视着侍从官那张惶恐的脸庞，他得到了灵感。

▽

赤发鬼首先出场，全场数万名观众出现一片欢呼的声音。

包厢中的卢卡斯徐徐吐出他独特的品味，他喜欢自己定制纸烟时要求的配方。

“这就是群众，”卢卡斯说，“在超过一定数量之后，形成一个巨大的怪物。”

阿部怔怔地望向包厢下方，环视那些兴奋的人群。

布葛布痴以虔敬的眼神望着卢卡斯，而卢卡斯迷茫的眼神望着二十公尺见方的竞技场。

由坚硬的石板一块块铺满的台面仍有干涸的血渍。

赤发鬼身高二公尺三十公分，赤色的长发披散在肩胛骨上，粗壮的臂膀纠结着疤痕、筋脉和未拆除的缝线。以地球裔的人种而言，赤发鬼算是巨大的怪物了。通常这种巨人型的选手下半身比较衰弱，而且动作也不灵敏，但是赤发鬼却是竞技场间最轻灵的选手之一，下盘坚稳，跳跃超过三公尺半高度，而且擅长关节技，以地球人的观点已经趋近于超人的角色。

接着，包希亚星人猬龙出场，他的左掌在飞跃的同时轻搭场边的护栏，连续两个空中翻滚后稳稳地伫立在赤发鬼的面前，漂亮的动作立即引起一阵喝彩。

猬龙和赤发鬼相较起来小了一号，他只有两公尺高，比一般的包希亚星人高不了多少，但是几乎所有的包希亚星人都知道他的名字。猬龙是包希亚星格斗技的超级明星；包希亚星人的好勇斗狠在可知的宇宙人种中可以排在前三名内，而猬龙在包希亚星人中也是徒手格斗技的前三名。

主持人走到竞技场中央，宣布这是一场无限时间的单胜比赛，决斗到一方倒下不再爬起来为止，然后他以夸张的语调报出赤发鬼和猬龙的头衔。

两大高手即将对决。

这不是普通的竞技场，场上的晶石地板可摔破头颅和震断脊椎。

在观众嘈杂的呼啸间，赤发鬼突然扑向猬龙，场中登时安静下来，筋肉交击的声响沉闷地爆开，猬龙连续抵挡住赤发鬼的直拳、肘攻击和膝攻击，他倏然抓住赤发鬼的头颅，弹跳起来用自己额头上的角质肉瘤狠狠击中赤发鬼的颜面。

赤发鬼庞大的身躯踉跄倒退，他的双掌捂住脸部，鲜血从指缝溢流而出；同一瞬间，赤发鬼露出两排肌块的腹部连续被猬龙的拳头击中。几乎没有人看清猬龙出了几拳，但是观众们都清晰地听到七声肌肉被拳头捶打的音响。

赤发鬼又倒退了三步，他放开双掌，流满鲜血的脸庞上，那对眼珠特别显得晶亮险恶，愤怒的火焰自瞳孔的深处喷溅出来。

赤发鬼没有倒下，他的斗志被激昂起来了，全场爆出一阵喝彩，因为赤发鬼虽然巨大，却以灵巧的关节技将猛攻过来的猬龙瞬间压制住，猬龙面朝地面，双臂被赤发鬼反扣，他的脊柱被赤发鬼沉重的膝盖压成弓形。眼看就要自背部被折成两段。

包厢中的布葛布痴望了卢卡斯一眼。卢卡斯的嘴角浮漾着微笑，他知道布葛布痴想说什么，一面盯着猬龙和赤发鬼僵持的体姿，一面淡淡地说："我喜欢看他们认真打架的样子。"

布葛布痴错过了现场的逆转，当他将注意力移向争斗的擂台，猬龙竟然挣脱出赤发鬼的压制，三个滚翻之后拉开两人的距离。

赤发鬼满头腥红色的鬈发仿佛正在燃烧，他深深呼吸吐纳，全身饱满的肌肉突然膨胀起来，筋脉凸露出肤表，他的骨骼咯咯作响，整个人暴长了好几英寸，观众又爆出一阵阵喧嚣。

“古代地球的秘术，”卢卡斯对布葛布痴说，“透过特别的呼吸法，让血液充分输入肌肉之中，并且将全身的组织提升到最高的燃烧状态。”

猬龙再度抢攻，疾速挪移到赤发鬼前方，这时两人体形的差异更形明显。猬龙攻击的是赤发鬼的下盘，在赤发鬼运气的过程中，猬龙想要乘隙而入，以拿手的左跳拳给予对手致命的打击。猬龙的左跳拳速度已经凌越肉体的极限。

“啪”一声，猬龙的左拳竟然被赤发鬼巨大的右掌接住。

赤发的巨人没有撼动分毫就接住了猬龙的拳头，但是猬龙全身竟然以巨人的右掌为支点，双腿腾空扫中巨人的右侧腹下方，最脆弱的下肋骨部位。

赤发鬼松手，弯腰，颜面扭曲；猬龙落地，以双手支撑，再以全身的弹力，将双脚击向巨人的右侧腹肋骨。

赤发鬼仍然没有倒下，他弯着腰，最脆弱的肋骨受到格斗高手的连续攻击，那股痛彻心扉的感受使得他发出震响的怒吼。

“战斗的目的是要让敌人落泪，”卢卡斯说，“不论种族，不论时空地点，真正的战斗还可以让内行的观众落泪。”

猬龙发动连续攻击，他的贯手绵密地击中赤发鬼挡住胸膛的肘臂，血雾在赤发鬼坚韧的皮肤上源源溅洒。

“被攻击也是一种艺术。”布葛布痴说，“包希亚格斗技的精神在猬龙的攻击中充分展现出来。”

“但是，”布葛布痴接着说，“包希亚格斗技的最大弱点，也在于缺乏防卫技巧；在包希亚星，格斗至死才能结束，格斗是拼命的游戏。”

赤发鬼突然展开反击，出拳无声，但是猬龙却被震飞了出去。

“赤发鬼开始认真了。”卢卡斯说。

震飞猬龙的是一股强大的拳风。赤发鬼的真正优点在于灵巧，但是直到现在，他发挥的重点竟然只是厚实的力道和防御耐度。

“赤发鬼的防御力是猬龙不具备的。”布葛布痴说。

交谈之际，赤发鬼已经展开反击，巨大的身躯发挥了灵活的特质。虽然那是很难想象的事情，但是赤发鬼飞掠到猬龙身侧时，他竟然能够飘忽在敌人的身侧和后方。每当猬龙转身挥拳，赤发鬼的身形就在瞬间闪逝。

卢卡斯押注的猬龙何时被击倒，已经是群众们唯一关切的焦点，卢卡斯的脸庞上却浮现神秘的微笑。

▽

王抗换上了一套黄色的燕尾服，两侧肩膀直到袖口缝上了各种脸孔的锦绣，一个接着一个旧大陆英雄传说中的伟大头像遍布在外套的肩头和臂身上。

“如何？”王抗对着他钟爱的酒保说，“这套衣服上隐藏了这颗星球古老的历史。”

“大统领高明，”酒保冷笑，“黄色的衣饰在我们绿色的星旗之前，是多么地显眼，像是，”酒保瞥了侍从官一眼，“马戏团开场时候的小丑。”

王抗脸上的笑容冻住了。

王抗知道他掉入了一个可怕的陷阱，在两个最亲近的心腹面前，他发现世界开始褪色，舱壁中的事物扭曲浮晃，接着他转过头去看侍从官。那张惶恐戒慎的脸孔突然变成石雕般的森冷。

王抗望回酒保诡异的脸庞，用颤抖的声音说：“我不喜欢你的玩笑。”

“无所谓。”酒保从柜面的下方抽出一柄短枪，探索光线投射在王抗的眉心。

“你的举止总是能够取悦大家，我们都喜欢你。”

王抗大吼：“侍从官，通知后舱的警卫。”

“好的，”面如石雕的侍从官站起来，“我会通知他们，但是，我得先换上你的衣服。”

“挑橄榄色的那套如何？”酒保一边目不转睛地瞪着王抗，一边建议侍从官。

“而且，在我换好衣服以前，”侍从官缓缓说，“你最好不要大吼。”

“碰！”侍从官作势轻吼一声，王抗被吓得全身紧绷起来，然后他感到一阵热辣的液体激泼在他的新裤管里头。

“拜托。”酒保叹口气，鄙夷地看着王抗的裤裆。

尿液瞬间变得湿冷，黄色的裤料贴在肌肤上变成幽晦的土褐色，羞耻心使得王抗清醒过来。

要是施施儿在，不，要是听施施儿的话不要离开首都就好了。

王抗环视四周，要击倒两人也许可能，但是要逃过那管枪就不容易了。

“没有机会了，大统领。”酒保安详地说，“这颗星球已经给了你很多年，但是你放弃了所有的机会。”

“谁买通你们的？”王抗咆哮，“把枪放下，我可以给你们加倍的好处，只要你们把主谋者揭发出来。”

“闭口，”酒保说，“你知道这柄枪是什么东西吗？这是智慧次元枪。”

王抗的脸色变得铁青：“骗人，这玩意还在实验中。”

“噢？”酒保说，“我们不是正在进行实验吗？”

王抗定睛注视那柄枪，果然在枪身和枪管周围安装了各种精密的数码定位仪和奇妙的符号。

“大统领，你的智商是一四七，”酒保微笑，“非常高的智慧，我把标尺调整到一八○，换句话说，如果你的意识能够挣脱出来，你的智慧就成长到一八○了。”

侍从官换好了衣服，面对着一脸震惊的王抗，侍从官撕下了自己的脸皮，他拨弄着被头罩压抑的发丝，那是一张王抗的脸。

“从现在开始，大统领你对奥玛星的责任终于结束了，剩下的，就看你自己是不是能够拯救你自己了。”

王抗茫然看着酒保和另一个自己。

王抗想通的同时，酒保已扣下扳机。

一道暗灰色的光笼罩王抗全身。

▽

新大陆力王市，贾铁肩官邸。

贾铁肩浸泡在巨大的浴缸中，四个发色不同的赤裸仕女环绕在他的周围，温柔地按摩着他粗拙的四肢，圆滚滚的肚皮浮露在泡沫之间，肚脐上方盘缠着一个鬼面瘤。二十五年来那颗瘤从米粒大小成长到猫头一般大小，为了这颗瘤他动过十次割除手术，但是每次更大的瘤体便自疤痕中央重新增长起来，绀灰色的纠缠纹理组构成一张魔鬼的脸庞。

贾铁肩已经放弃了医治这个怪瘤的念头，他甚至开始相信那反而是一个幸运与权力的象征，有时他在梦中还可以听到鬼面瘤和他说话，久而久之，鬼面瘤成为他最自豪的吉祥象征。贾铁肩每逢重大事件时，就会梦见鬼面瘤在他身上移动。第一次当选国会议员的前夕，他梦见鬼面瘤爬到他的腰际，不断扩大范畴，闪射出神奇的紫色光芒。而在克里斯多娃被罢免的当夜，贾铁肩梦见鬼面瘤布满金色的浮光爬上了他的胸膛，结果他并没有因而丧失权力，反而进窥更具野心的地位。

而昨夜，贾铁肩梦见鬼面瘤激射出彩虹般的强光，从原本的位置扑上他自己的脸孔；他梦见自己的脸孔被鬼面瘤取代!

浸泡在浴缸中的贾铁肩不自觉淫笑着，他凝视自己肚脐上方那颗鬼面瘤，想到昨夜的梦，他相信这次的行动必然会使得他成为奥玛星的最高统治者。

浴缸前方的巨型立体通讯网亮出交叉的图案，贾铁肩轻轻按下浴缸边缘的按钮。

贾敏将军的形象出现在他的叔叔前方。

贾敏有些尴尬，他的眼前也出现贾铁肩和裸女共浴的画面；其实，贾敏已经习惯这种景观，但是一旦看见泡沫间浮现的那颗鬼面瘤，就有一阵酸液自胃底翻腾而出。

“阿敏，事情布置妥当了没？”贾铁肩尖锐的声音搔刮着蒸散雾气的空间。

“我没有办法和罗哥连线，”贾敏流露出忧郁的眼神，“我担心，叔叔，万一罗哥背叛我们……”

“罗哥？”贾铁肩尖锐狂笑，水波因而震颤不已，四个仕女若无其事地抚弄着议长痴呆的四肢。

“被切断通讯的可能是我的部队，”贾敏说，“现在我唯一联络得上的只有叔叔你这里。”

贾铁肩差一点沉入了浴缸，他大吼：“有问题！”

贾敏正想说话，突然他背后出现了一个黑影。

贾敏回头转身，黑影晃动着，举起手上的霰弹枪。

贾铁肩目瞪口呆地看着眼前的画面，贾敏低吟般的哭号被枪声淹没，巨大而密集的弹孔从背对贾铁肩的贾敏身上急遽地爆裂开来。

然后，贾敏倒向浴缸的方向。画面一阵乱纹波动，杂音和蜜蜂般舞动的视域向贾铁肩的瞳孔突袭而来。

仕女们仍然若无其事地轻轻搓揉着被震撼得一片空白的贾铁肩。

画面重新组构，罗哥的形象凝聚在贾铁肩面前。

现在贾铁肩已经吼不出声来，他张口半晌，才喘过气来：“罗哥，有人刺杀贾敏，我亲眼，亲眼看见贾敏倒在他的指挥中心。”

罗哥的眼珠弹跳而出，令人战栗的嗓音徐徐流溢而出：“任何生物都有死亡的时刻，就连罗哥我也不会例外，当然，议长阁下您也完全不会例外。”

“罗哥！”贾铁肩激动地质问，“是不是你动了什么手脚？”

“我是罗哥，”罗哥说，“但是基于礼貌，您还是得叫罗哥为罗哥局长，”

罗哥像是教导小孩一般重复了一次：“罗哥局长！”

贾铁肩觉得四壁无限制地延伸，空间不断扩张，他短小的性器官缩入腹腔，全身像化入了泡沫一般松软无力。

议长张大了嘴巴，他想跟着罗哥的语调喊出“罗哥局长”，可是什么声音都发不出来。

立体显像器受到些微的干扰，罗哥的影像扭曲摆动，九颗飞旋的眼珠变形为泼撒在铁板上流动的鸡蛋。

罗哥回复了原形，他的怪腔怪调也回复往常：“议长阁下，我是罗哥，我是来向您道别的。”

贾铁肩也回过神来：“罗……罗哥局长，你要去哪里？”

“不是罗哥我，”罗哥的九颗眼珠同时往前飞蹿，似乎就要冲到贾铁肩眼前，“议长阁下，是您要离开。”

“我要离开？”贾铁肩感到脐上的鬼面瘤在呻吟。

裸女们的手劲加强，但是她们对于显像器上发出的任何声音似乎都没有反应。

▽

“吧嗒”一声，赤发鬼看见自己的左手五指被猬龙的右掌折断，全场安静下来。

接着赤发鬼眼睁睁地看见自己的左臂在一连串清脆的骨折声中像是一条橡皮管般扭曲、拗折……

布葛布痴睁大了眼睛，他第一次在竞技场上看到这种惊骇的场面。

很多名噪一时的斗士在此当场血溅五步，横尸现场；但是像猬龙这种残酷的断肢技巧，却是这个包希亚星人的权贵第一次目睹。

猬龙腾空跃起，连续翻转两圈，他仍然抓紧赤发鬼毫无力量的手腕，那整条报废的手臂在猬龙落地前已经扭搅得像一条被拧紧的浴巾。

这时，猬龙松手，赤发鬼脸色苍白如纸，回头望着猬龙，凌厉的目光投射在猬龙镇定的脸庞上。

“他一声都不吭，”卢卡斯对布葛布痴说，“赤发鬼竟然能够容忍如此恐怖的摧残而不发出声音。”

赤发鬼俯身，把自己的左掌压在左膝之下，他用右手五指嵌入左臂与肩膀的接缝，血液自指头和肩部之间流溢出来；在全场一片惊呼与狂啸间，他自己将整只左臂连皮带骨撕裂下来。

▽

“他们都离开了，”罗哥说，“罗哥必须告诉阁下真相，我是罗哥，罗哥从来不说谎。罗哥传输几个现场画面，避免浪费时间。”

罗哥消失，他切换出几个立体的传真镜头。

首先是力王市的首都大道，那是一桩车祸现场，一辆气浮艇被一辆重型武警巡逻车挤压在沉重的装甲下，四周用磁场护栏围绕起来，法医正穿越磁场裂开的一道入口进入现场，接着立体画面特写气浮艇被压挤得稀烂的前窗，一颗血流满面的人头以不自然的角度夹在车身间。

贾铁肩惊惧地说："是巴勃拉夫斯基！"

罗哥旁白："前星务卿巴勃拉夫斯基，七分钟前在首都大道车祸身亡。"

画面切换，出现的是一具巨大的鱼缸，中央有一只巨大的绿色千发海葵，不，那是一颗被按入鱼缸中的人头，人头正在挣扎，淡绿色的头发在气泡间飘舞。贾铁肩看出那颗人头是秃顶的，他更加感到不详。

人头勉强翻露出正面，整张脸被压扁在玻璃面上，形成妖怪般的表情，不一会儿，没有任何反抗发生，人头以沉睡的表情缓缓栽入缸里的砂石间，躲在角落的鱼群好奇地游到发丛间……

"蛤利公爵，一秒钟前在他自己豪华的客厅中踏上他永恒的归宿。有了这些大人物，阁下不会寂寞。"罗哥的形象重返贾铁肩的眼前，"再会吧，罗哥向阁下道别。"

贾铁肩还想说什么，但是四个裸女突然将他按下浴池之中。

贾铁肩丝毫动弹不得，眼睁睁看着水波漾上自己的视域。在水中，光源晃乱地折射着，女侍们洁白的肢体像是一座座巨大的大理石块将他压下无底的深海。胸腹中残存的氧气很快竭尽，当贾铁肩忍不住吐出一长串的气泡时，呛鼻的热水源源灌入他痴肥的五官，这时他看见的只是一片黑暗，无法触摸的黑暗。

在临死之前的刹那，贾铁肩又听到脐上的鬼面瘤在幽幽哭泣，他突然顿悟了一件事，鬼面瘤不是他幸运的象征，而是代表着他生命中的危机，每一次他都逃过了危机，在千钧一发之刻反而蹿上更高的位置。

在当选议员的前夕，梦见鬼面瘤盘据在他的大腿上。贾铁肩想起来了，他是因为对手一次失败的暗杀行动而得到同情票，头顶上包裹着纱布上台向民众谢票的。

在当选国会议长的一星期前，贾铁肩也想起来了，他及时清除了一批议员任内提供他非法献金的商界人士，当时他梦见鬼面瘤爬到他的腰际。

而克里斯多娃出事的那一夜，他梦见了鬼面瘤移动到胸膛上，那天他在力王市郊的一间别墅休假，当他出发离开别墅的半个小时后，一架失事的警用轻型飞机撞毁了顶楼上他的卧室……

鬼面瘤不是贾铁肩的幸运象征，鬼面瘤是他的灾难预告师。

贾铁肩在一片黑暗中想通了这个道理。

然后他想到罗哥的会客厅中那条巨大的时间龙标本。

时间龙顶着绚烂无比的龙珠，八十对肉鳍一齐滑动，三色斜纹的幻美身躯在贾铁肩黑暗的视域前快速穿越。

他听到了时间龙的吼声。

那是用一万支钻刀同时快速切割玻璃的凄厉音响。

贾铁肩感到一种奥妙的满足感，当他突然清楚自己的一生究竟是怎样一回事以后，爆裂般疼痛的胸部不再感到任何苦楚，他意识到自己正在上升，在黑暗中随着时间龙引起的水流而急遽上升；上升的同时他又意识到自己正在下降，许多堆砌在自己记忆中的事物撕裂了他一部分的灵魂，朝着地心的方向遁逝。

再会了，鬼面瘤。贾铁肩向自己说。再会了，我的欲望的化身，鬼面瘤……

哗哗一片水声，四个女郎自浴缸中站立起来，企鹅般丑怪的议长贾铁肩睁大眼睛，静静躺在缸底，他脐上的鬼面瘤竟然悄悄地消失了。

▽

在贾铁肩吐出胸腔中最后一颗气泡时，奥玛星另一个半球的一场地下格斗仍然惨烈地进行着。

失去一只左臂的赤发鬼抵挡猬龙的进攻，血液自断肢的截面上喷洒出来，他退到场边的护栏前，狂喝一声，右手出击，强烈的掌风全场都能听到，逼近的猬龙举起双臂屏挡，却被震飞到二十公尺之外。

赤发鬼趁此空隙，引身弹越，纵跳到五公尺高的护栏上方摘下一柄火炬，他闭起双眼，将火炬煨近断肢，一阵肌肤被烤焦的剥滋声，青烟在焦黑的伤口上蒸腾而起。

“可怕的狂人，”沉默的阿部也开了口，这时全场又陷入了狂乱的情绪；阿部望着卢卡斯带着笑意的脸庞，“但是赤发鬼失血已经太多，就算他拼了老命也不见得能够赢得这场比赛。”

“令我最怀疑的是，在没有规则的地下武斗场，即使常出人命，赤发鬼和猬龙这种玩法却从来没看过。”布葛布痴沉吟着，“他们一定受到什么要挟。”

赤发鬼丢下火把，痛楚地蹲在地上，而猬龙摇摇晃晃地在二十公尺外站起来，群众一阵惊呼，因为赤发鬼刚才的手刀扫中了猬龙右侧的脸庞和前胸，而猬龙的右眼正源源流出透明的水晶体。

猬龙颠踬地步向二十公尺外蹲踞的巨大男人，他一面走，一面用右手的食指和拇指勾出那颗破碎的眼珠。

猬龙挖出了自己的右眼。

▽

穿着橄榄色统帅礼服的王抗步下传统的阶梯，机场的乐队和欢呼的人潮早已等待在那儿；王抗下机的时候不喜欢用传送光束，那样会使得人们不能瞻仰他下阶梯的优美姿态。

真正的王抗却被封锁在一个异次元空间中，他必须破解七十二道题目才能挣脱这座牢狱。

七十二个透明的方块体一个接着一个套在一起，而王抗被困在最里头的方块体中。

每个方块体都有闪烁的棱线，一个套着一个的方块重重围困着飘浮在黑暗中的王抗，王抗必须一重重破解题目，否则他无法穿越那些看起来是透明的方块。这并不是真正的问题，真正的问题是他如何在饿死、渴死在异次元世界之前回到现实世界中。

他已经破解了三个方块。第四个方块中浮现是一个方阵：

4	9	5	16
15	6	X	3
14	Z	11	Y
1	12	8	13

每行的和是 34。王抗心算非常敏捷，他大吼："X 等于 10，Y 等于 2，Z 等于 7。"

方块消失，另一个方块缩近他的四周，第五个方块浮出白色数据，这次是一个更大的方阵：

11	f	4	23	17
18	12	6	b	24
25	19	c	7	a
2	d	20	14	8
g	3	22	16	15

王抗焦虑地看着复杂的方块。他咬开舌尖，湿热的血液渲染在口腔中，他的心跳渐渐减缓下来。"要活着出去，

就得镇定下来。”王抗告诉自己，他没有开口说话，但是他在心中对自己说的话却在方块空间中回荡余音。

▽

王抗想到酒保，不是想到他为什么会被背叛，而是想到第一次认识酒保的场景。

他知道自己会在方块里睡着了，他告诉自己不能睡着，但是他仍然睡着了。

他梦见自己走进一间绿色的酒吧中。

整间酒吧只有他的座机卧舱三四倍大小，四壁都是绿色的装潢，署名 LC 的版画作品以固定的间隔悬挂着，画面是一些变化的几何图形，笔触非常强烈，色调对比鲜明大胆，可以看出原作者洋溢在画面上的生命力。沿着屋顶棱线，一排卤素灯以面壁的方位，将金黄色的灯光顺势自墙的立姿间流泻下来。

光流泻到每个白色的画框上又朝画框的左右两侧闪闪分流。

四壁和吧台闪着金绿交渗的光泽，整间酒吧的中央走道空间却染上了一种雾一般的绿，那种绿是白兰地酒瓶一般的深郁绿色，在没有四季变化的酒吧空间中，出现一股浓厚的寒意。

王抗推开吧门，看见贾铁肩坐在吧台前点烟，偏头徐徐吐出烟雾，弥漫的烟雾在不同层次的光影间显现截然相反的颜色，在明净处烟雾带着薄荷绿，而在晦暗处却呈现洁净的白色。

酒保康旻思笑盈盈地站在吧台后望着王抗。

王抗发现自己身上的鲜黄色礼服变成了绿色的礼服。

“刚才在飞机上我们向您开了一个小玩笑。”

吧台前抽烟的男人变成卢卡斯的脸孔，沉稳的卢卡斯继续说：“一切都没有改变，一切都和昨天一样。”

“我在哪里？”王抗看着酒保，又望向卢卡斯。

“你在康旻思的吧台前。”卢卡斯说。

酒保露出王抗熟悉的、制约的微笑。

“我在玩方阵游戏，”卢卡斯接着说，“除了酒保之外，没有人解答得比我快，大统领您要不要玩一玩？”

王抗转身，他推开吧门。

走出绿色的空间，街上的景物却令他感到恐惧，无边的恐惧。

推开铜质的酒吧大门，眼前的街道是绿区和蓝区之间的三条大街，地球移民和丽姬亚移民正用重武器互相攻击，他看到的是童年时目击的移民大械斗，到处都是红色和蓝色的血液和碎尸，空气中弥漫着腐肉和硝烟混合的死亡气息。

王抗突然感到无法呼吸，他想到他需要克立灵，他的气喘病又发作了。他拍击着自己的口袋想摸到那个小巧的金属喷罐，什么也没有，他抓住自己的喉管，感到一把火正在灼烧他的胸腔。

燎朗的火光在废墟间一丛丛升起，王抗返身推开酒吧的铜扉，冲入绿色的空间后立即用尽残留的力量将门关上，背部贴着冰冷的铜皮无助地喘息。

酒保仍在微笑，圆浑的脸形像是一块银盘。他摇晃着不锈钢制的雪克杯，吧台前的卤素灯光流荡在光焰四溅的杯身上。

“我永远记不得这些无聊的鸡尾酒名字，”吧台前，一个背对着门口的黑影低沉地说，“鲜艳的颜色只能让我想到水果、有毒的飞蛾，还有那些恶心的奥玛蝶。”

“大统领，地球原厂的老帕尔还剩下半瓶。”酒保说，但是并非对着王抗说。他虔敬地向黑影报告。

黑影沉默了一会，用王抗熟悉的音调说："拎出来吧，我们几个把它喝掉。"

王抗的气喘仍然没有改善，他瘫坐在地面，连呻吟也发不出来，取代呻吟的是气管发出的尖锐音籁。

"王抗呢？"黑影说，"喝舍不得的好酒，怎能没有王抗在！"

▽

王抗仍然在梦中，他发现那些比异次元方块更为可怕的囚笼已经一个个锁定在他的潜意识里，他知道眼前的黑影是谁，他知道自己倒退到永远不愿意回头的一面镜子前，他站起来，告诉自己："我能够呼吸，我能够背诵童年听过的每一首歌词，我就能够呼吸。"

但是他仍然无法呼吸，他站起来，把眼前看到的整间绿色酒吧推倒。

酒吧的一切像是一面道具墙般被推倒了。剩下的是一片黑暗。王抗闭起眼睛，再睁开的时候，他的脸庞因为贴在一对巨大的胸脯间而无法呼吸。

“我的孩子，”克里斯多娃说，“我愿意用奥玛星交换你的爱。”

王抗缓缓将脸庞自克里斯多娃洁白的乳房间抬起。

他看见克里斯多娃的瞳孔间散逸着奇妙的光晕。

奇妙的光晕，奇妙的克里斯多娃，她永远不老的青春，谁也不相信她的年龄，而王抗更不相信她的年龄。女人可以伪造她的躯壳，伪造她的脸庞，伪造她的发色，但是有两样东西是不可能伪造的，一个是瞳孔，一个是天然的体臭。处女的瞳孔和体臭比任何肉体的特征都更能证明她处女的身份，而六十岁的女人可以改造一切，却无法改造她六十岁的瞳孔和六十岁的体味。

王抗像是一块海绵。

他无止境地吸取着克里斯多娃那奇妙的眼光和青春的体香，他活在一个巨大的权谋家生命中的一小部分缱绻里，他得到了一个崭新的母亲，但他也变成一个女孩，某种意义上的“一个女孩”，拥有男性的“一个女孩”。

像一只母猫般做爱的克里斯多娃，仍然是一颗星球的主宰。王抗跪在属于她的星球之上和她做爱，他忘记了这颗星球的南半球，忘记了属于自己的记忆，他是克里斯多娃心爱的宠物。

克里斯多娃翻身，双腿夹住王抗年轻的腰身，将他的宠物压在她的胯下。王抗仰视克里斯多娃像圣母般光洁柔腻的脸庞，他觉得自己还是喘不过气来。

“孩子，a 等于 1，b 等于 5，c 等于 13，d 等于 21，f 等于 10，而 g 等于 9。”克里斯多娃说。

王抗热泪盈眶地醒来，他大声念出梦中克里斯多娃告诉他的答案，第五重方块和二十五格方阵一起消失。第六重方块上的题目是一道限时题，在限时截止时还答不出正确答案，就会永远锁在第六重方块中。

题目是“707353209 是某数的立方加上另一个数，这两个数是什么？【限时 3 分钟】”

题目下浮现一个立体的倒数时间，自 3:00 疾速朝向 0:00 倒退计时……

王抗满头大汗，他在 0:23 时大声答道：“891 的立方加上 5238 的值是 707353209，这两个数是 891 和 5238！”读秒数停顿在 0:12，第六重方块消失。

新的题目出现：6137 是哪四个数的平方和？共有几组解答？

王抗感到四肢无力，他茫然望向眼前的习题，所有的符号都飘浮起来……

▽

另一个王抗，穿着橄榄色的统帅礼服，气宇轩昂地站立在阅兵礼车的后座上向夹道的群众挥手致意。

他的礼车周围笼罩着一层透明的磁场，以防任何预料之外的意外发生。

自由市的首长们分乘十七辆敞篷礼车尾随在后，加上开道和护航的三百辆武警重装甲车，庞大的车阵徐徐驶向旧大陆的行政中枢：琉璃宫。

空中飞翔着三个中队的武装战斗直升机，旧大陆军团总司令可必思亲自压阵，他端坐在五千公尺高的浮堡上监视着从机场到琉璃宫沿线的一切动静，二十八个校级高级参谋控制着一批通讯电子专家，掌握住近一千个固着的卫星监视画面以及六十个装置在随行车队上的摄影镜头。

除非丽姬亚人胆敢发动城市毁灭战，大统领的安全毫无破绽。

▽

还剩下十六题。王抗已经解开了五十六道方块锁，剩下十六个囚困着他的方块。

他看不到自己的样子，异次元的时空和现实时空拥有不同的逻辑。他感到自己的头发不断脱落下来，轻轻一抓就是一把落发。他也感到自己的肌肤产生了老化现象，虽然看不见自己的脸，但是凭着触觉，他知道自己眼角的皮肤已经松弛。

睡了又醒，他不知道时间，时间在方块中并不存在，胃和肠剧烈地摩擦着，他必须在自己饿死前逃出，也许在饿死前已经渴死也不一定，喉管像是烧红的钢管一般，他几乎已经说不出话来，在不断濒临自己肉体和智慧的临界线前，他必须继续支持下去。

第五十七道题目：6、28、(?)、8128、33550336。

问号中的数字是什么，完全取决于数列的规则性。

而问号前后的四个数字，从 6 到 33550336，到底存在着什么样的关系？只要找出规则性就可以找到答案。

王抗试图发现问号之外的四个数之间存在着什么样的共通性，但是他无法发现任何的线索。就像是有五个人被个别关入五个异次元空间中，彼此完全无关。

不，王抗脑中闪现灵光，也许存在着规则，存在着规则……那存在的规则，不是那些数字外在的关联性，而是数字本身内在的性质。

6 的因数是 1、2、3，6 也恰好是它的因数之和，6 等于 1 加 2 加 3。

28 的因数是 1、2、4、7、14，28 也等于它的因数之和。

6 和 28 都是古希腊数学家欧几里德发现的“完全数”！这个数列是个“完全数”数列，任何数目只要是除本身之外的因数和等于本身，它就是一个“完全数”。

换句话说，问号的答案就是 28 和 8128 之间的“完全数”。

如果一个接一个数目字验算下去，从 28 到 8128，很可能没算出来就已经死在里头了。王抗睁大眼珠，他必须找到其中的规则。

像镰刀一般的问号挖着他的脑，他痛苦地捶打透明的墙。在这个无聊的立方体牢笼中，这些残酷的数学比兵器还要来得可怕，王抗哭号着，他真的要死亡了，如果没有解答。立方体？立方？王抗眨了眨眼，立方体的模型在脑中滚动，28 是 1 的立方加上 3 的立方，而 8128 呢？8128 会不会是自 1 开始连续奇数的立方和？

$8128=1^3+3^3+5^3+7^3+9^3+11^3+13^3+15^3$

王抗狂喊出声，他已经知道答案在哪里了，如果这项推测是正确的，那么他只要验算五个数就成功了……王抗力竭声嘶地喊道："答案是 496！"

第五十七道锁打开了。

▽

赤发鬼的腹部出现一道手掌长度的裂缝，一节粉红色的肠子露出创口，仍然在慢慢蠕动。

猬龙站立在赤发鬼的正对面五步距离，两人动也不动，最后的结果即将揭晓。

赤发鬼颠踬地往前跨出一步，他残存的一只手高高地举起，手掌中握着一颗跳动的心脏。

失去了心脏的猬龙动也不动地站着。

"谁先倒下，谁就输了，"卢卡斯转头对阿部说，"如果活的人倒下了，死的人站着，也不例外。"

阿部觉得卢卡斯的话别有所指，十分刺耳，虽然卢卡斯只是叙述客观的规则。

赤发鬼将心脏捏碎，仰头张口接着滴落的血汁，全场爆出一波波的喝彩；武斗场的世界充满了荒谬、反人性的情趣，他们似乎将斗士们看成昆虫之流的东西，阿部想到这里，心中涌现强烈的不洁感。

“我认输，沙库尔阁下您毕竟高明，”布葛布痴轻松地对卢卡斯说，“赤发鬼如您所料，果然结束了。”

话没说完，僵立的猬龙突然发动攻击，一拳击中赤发鬼的喉结，在赤发鬼松开高举的心脏，任血污泼洒在脸庞上继而仰面倒下的同时，猬龙被挖出心脏的创口也喷出如注的血汁，像是被撞裂的消防栓一般。

赤发鬼倒下了，他残余的一只手捂住粉碎的喉咙，一双脚无意识地抽搐、弹动。但是猬龙仍然屹立着，保持他生前最后一次的攻击姿势。

卢卡斯站起来，他说：“谢谢你布葛布痴，真是一场值得记忆的比赛。时间到了，我们得赶到琉璃宫，别让人们闲话沙库尔傲慢，耽误了代理大统领的就职致辞。”

阿部跟着站起来，他看了同时站起的布葛布痴一眼，想说什么又把话吞了回去。

布葛布痴微笑，拍拍阿部肩膀，沉声说："我知道你的疑惑。我私下捐出一笔奖金，谁拿到就可以安心退休了。现在那笔钱已经属于猬龙的家族。"

▽

王抗破解了第七十一道锁。他闭紧双目，没有去看第七十二道题目，他必须先冷静下来，一串串数字正在他的脑海中彼此碰撞，闪现金属摩擦时发出的光芒。

他并不了解自己为什么能够连续解开七十一道题目，在死亡的威胁之下，他突然茅塞顿开，但是他也似乎用尽了一切生命的能源。

每一次面临死亡，他终于能够超越自己的极限，但是这一次他开始不断怀疑自己还是能够度过危机吗。

王抗仍然紧闭双目，他知道，如果听施施儿的话，他就不会在这儿了。只要施施儿还活着，他就有翻身报仇的机会，但是他首先得逃出这黑暗无边的异次元，揭穿那个替身的真面目。

王抗睁开眼睛。

最后一个透明的方块密室包围住他的上下四方。最后一道题目是一道选择题："'费尔马最后定理'①成立②不成立，只有一次回答机会。"

王抗突然痛哭失声，竭尽全身残留的力量捶打透明的墙壁。"这完全不公平！"王抗在内心里狂喊，他从来没听过"费尔马最后定理"，他完全无法判断哪一个答案才能解放自己，这是一场愚弄人的卑劣游戏。

王抗愤怒的呻吟自齿缝迸出。"施施儿你在哪里？"王抗内心出现自己尖锐的悲鸣。

▽

施施儿茫然地端坐，眼前的视讯墙现场播出王抗抵达琉璃宫后的公开演说。

穿着橄榄色礼服的大统领以沉重的语调向全星的同胞宣告："……由于本座个人的健康问题，不能影响到整个奥玛星的前途……这次到旧大陆的目的，主要是为了和副统领沙库尔讨论目前的时局……"

有一只坚定的手掌轻轻压在施施儿的肩膀上。

"本座沉痛地宣布，不得不暂时告别政坛，在医疗团的指示下，休养一段日子。依据星宪的规定，站在我身边的副统领沙库尔将代行我的职务，我在此呼吁执政党的从政同志和各野党的领导干部，以及国会中各党派的议员阁下们，还有忠诚于第九共和的三军将士们，全力支持代理大统领沙库尔，团结本星，保障本星的繁荣与安全，秉持星宪的精神……”

施施儿关掉影像，他带着悲伤的神情站起来，回身面对背后的男人。

“沙德阁下，刚才画面上那个人不是真正的大统领，”施施儿冷静地说，“我确定那家伙是个不折不扣的冒牌货。”

“真正的王抗在这里。”沙德指着自己的心窝，“你还年轻，你够精明，知道怎样做对大家、对这颗面临危机的星球都会更有利。”

“您的意思？”施施儿的眉毛扬起，末梢轻轻颤抖。

“不是每一个人都有幸目睹时间龙，也不是每一个人都能坐上你的位置，”沙德走到衣架旁拎起自己的呢帽，自动门滑开，他戴上帽子，“沙库尔，你也可以叫他卢卡斯，这个人将和王抗一样需要你，而且他懂得如何适当接受一个优秀的星务卿的忠告。再会了，言尽于此。”

沙德离开了王抗的办公室，他保持着微笑，一直到自己走到长廊的转角才忍不住捂着嘴呛咳起来，他弓着背喘息，血污自手指的夹缝间流溢而出。

▽

王抗看着眼前的题目，他决定孤注一掷。

选择哪一个答案都没有把握，但是他不得不再赌一次。

没有人愿意死在这个冰冷漆黑的异次元空间中。

但是他又把自己的决心吞了回去，一个错误的选择，就无法挽救了。在无边的黑暗中，恐惧已经吞没了他的下半身。

离现实的世界只有一线，只要说出正确的答案。

王抗决定了最后的答案，他向自己保证这个决定，他想大声喊出自己的命运。

但是他竟然发不出任何声音，连呻吟都呻吟不出来。

除了自己浊重的呼吸。除了黑暗之外的黑暗。

一九九三年五月五日于台北龙坡

附录　黑蚁与多巴哥

黑蚁与多巴哥

奥玛是个典型的星际移民社会。

因为星际人口的流动，也促使物种的流动。两百多地球年以前，蚂蚁被地球移民的货柜夹带进来，竟然在奥玛星生根繁衍，并且发展出巨大的体形，每只工蚁都和观光用的小型空中巴士差不多大小。

在奥玛旧大陆中部的砂暴区，最大的一座蚁冢比地球上的胡夫王金字塔还来得庞大。

有一种奥玛土产的昆虫多巴哥和远道而来的地球蚁发生了奇妙的共生关系。多巴哥的亚种非常多，从二公厘[1]大小到地球绝种的大象那么大，共有七百二十一型。

奥玛星和地球联邦的金融制度完全不同，在这儿仍然使用地球早已废弃的货币。人类手臂粗细的诺尔多巴哥就

1 公厘，即毫米。

是奥玛星政府养殖来制造镍币的原料。

至于体形类似大象的大波顿多巴哥，是寄生在黑蚁冢的特有种，他们是蚂蚁的佣兵，平日无所事事，动也不动敛翅蛰伏，只将长着独眼的图钉脸伸出蚁冢的洞口，等待工蚁送来食料。

一旦蚁群和蚁群之间爆发战争，大波顿多巴哥就会舍身对抗敌方。

曾经有位地球的历史学家亲眼见到大波顿多巴哥的攻击行动，她以叹为观止来形容隶属于黑蚁冢的佣兵集团如何阻遏红蚁群的过程。

珍妮弗的记载是在一架低空飞行的空中巴士里完成的。潮水般淹没大地的红蚁群急遽包围黑蚁冢，这时，多巴哥以百只为单位，一波多巴哥以七十度角仰飞至敌阵上方三百公尺，再以同样角度俯冲而下，将笨重的躯体砸在敌阵之间。

在高速撞击之下，多巴哥胸部组织和腹部组织同时震碎，并且在霎时融合在一起，胸部的镍质甲壳和腹部的蚁乳混杂的结果，即刻引起化学反应，产生爆炸。换句话说，多巴哥这种生物是不折不扣的昆虫炸弹，不信的话，你在奥玛随便拎住一只小型多巴哥往墙上甩去，就可以听到清脆的爆炸声。

两三波自杀式攻击之后，通常已击溃进袭的蚁群。

珍妮弗如此记载：“……巨大的多巴哥朝向来犯的红蚁群疾速俯冲，一只只在蚁群构成的红织锦上爆裂开来，浓烟中，这波攻击在红蚁间造成一道不断深陷的地堑，被炸得四分五裂的蚁尸源源滑入地堑底层，幸免者尽管费力挣扎，仍然随着滚落的砂砾坠入黑暗。第二波多巴哥再度坠地，爆炸声动天地、激荡气流，红蚁那艳褐色的血雾在战区上空形成细雨，此刻，黑蚁反攻的阵式向前推进……”

珍妮弗后来消失在奥玛新大陆南方的一座废墟市镇中，她遗留在力王市和平饭店的旅游记事由地球的复眼出版社印行，是2719年的年度畅销书。

图书在版编目（CIP）数据

时间龙 / 林燿德著 . -- 成都：四川文艺出版社，2020.4（2020.6 重印）

ISBN 978-7-5411-5669-4

Ⅰ . ①时… Ⅱ . ①林… Ⅲ . ①长篇小说 – 中国 – 当代 Ⅳ . ① I247.5

中国版本图书馆 CIP 数据核字 (2020) 第 031241 号

本中文简体字版由秀威资讯科技股份有限公司授权银杏树下（北京）图书有限责任公司在大陆地区独家出版

版权登记号 图进字 21–2019–582 号

SHIJIANLONG

时间龙

林燿德 著

出品人 张庆宁
选题策划 后浪出版公司
出版统筹 吴兴元
编辑统筹 朱 岳 梅天明
责任编辑 柴子凡 周 轶
特约编辑 王介平
责任校对 汪 平
装帧制造 墨白空间·张静涵
营销推广 ONEBOOK

出版发行 四川文艺出版社（成都市槐树街 2 号）
网 址 www.scwys.com
电 话 028–86259287（发行部） 028–86259303（编辑部）
传 真 028–86259306

邮购地址 成都市槐树街 2 号四川文艺出版社邮购部 610031
印 刷 天津创先河普业印刷有限公司
成品尺寸 143mm × 210mm 开 本 32 开
印 张 9 字 数 140 千字
版 次 2020 年 4 月第一版 印 次 2020 年 6 月第二次印刷
书 号 ISBN 978-7-5411-5669-4
定 价 45.00 元